W0287871

JEAN ALESSANDRINI

DATE LIMITE

RAGEOT-ÉDITEUR

Couverture : Jean Alessandrini
ISBN 2-7002-0026-8
ISSN 1142-8252

© RAGEOT-ÉDITEUR - PARIS 1993
Tous droits de reproduction, de traduction et d'adaptation réservés pour tous pays. Loi n° 49956 du 16-7-1949 sur les publications destinées à la jeunesse.

«… À force de parler de choses horribles,
elles finissent par arriver.»

Jacques Prévert, par la bouche de Michel Simon, dans *Drôle de drame* (1937).

CRIBLE

Il était six heures quarante-cinq. À travers les fentes des persiennes, le soleil éclairait par tranches lumineuses la pénombre de la cuisine. La chaleur accablante du matin précédent paraissait vouloir récidiver avec une ardeur soutenue. Maximilien Crible s'étira et bâilla à s'en décrocher la mâchoire puis vint se planter face aux volets clos, quadrillant ainsi son pyjama rayé verticalement par les zébrures horizontales d'ombre et de lumière. Crible était un homme d'habitudes, précis, organisé, méthodique. Comme chaque jour, il consacra trois minutes trente secondes d'attendrissement nostalgique au souvenir posthume de son épouse. Sibylle était morte deux ans auparavant, renversée à un feu rouge par un chauffard auquel elle avait eu, en tant que piéton, l'idée saugrenue de vouloir disputer la chaussée. Crible n'avait pas assisté à l'accident, mais cela ne l'empêchait pas d'en repasser obsessionnellement les images dans sa tête. Son imagination se nourrissait du procès-verbal de gendarmerie dont il avait, au fil des mois, assimilé les termes à la virgule près.

Veuf sans vocation ni progéniture, Crible n'appartenait pas pour autant à cette catégorie de solitaires qui se complaisent dans les états d'âme ou les névroses à la mode. Raisonnablement dépressif, il portait une quarantaine dégingandée encore alerte sur le plan physique, ouvertement désabusée sur le plan moral.

Une nouvelle journée commençait. Crible détacha le feuillet du calendrier éphéméride suspendu dans l'encoignure de la fenêtre en compagnie du thermomètre suant déjà sang et mercure de l'autre côté de la vitre. On abordait dans la touffeur d'une fin de printemps flamboyante le 15 juin de l'an de grâce 2004. Ce siècle avait quatre ans... Curieusement, le fantasme des grandes frayeurs collectives propre aux changements de millénaires, loin d'avoir disparu, n'avait fait que croître et embellir dans l'inconscient des foules. Le spectacle que le monde se donnait quotidiennement de lui-même ne comportait, il est vrai, rien qui pût inciter ses six milliards de locataires à l'allégresse la plus débridée.

Pourquoi Crible souleva-t-il, ce matin spécialement, le feuillet nouvellement apparu ? Pour anticiper d'une journée la date de son anniversaire ? Ou bien, entraîné par quelque démon facétieux, afin d'obtenir la confirmation que demain serait bien au rendez-vous ? La curiosité, de toute manière, est un vilain défaut, et cette indiscrétion bénigne reçut dans l'instant sa sanction : s'il fallait en croire le calendrier, demain, le 16 juin, n'existerait pas, du moins sur le papier. La feuille à peine entrevue présentait une surface d'une irréprochable blancheur. Un défaut d'impression ou de fabrication sans doute ; il ne fallait s'étonner de rien avec le laisser-aller général... Donnant la lumière afin de mieux pousser son examen, Crible ne fut donc que très modérément surpris de découvrir une suite interminable de pages immaculées : Assomption virginale, Toussaint blafarde, Noël plus blanc que nature... D'un index fébrile, il franchit à l'estime les semaines et les mois jusqu'à l'ultime feuillet, lequel n'indiquait rien, et surtout pas la Saint-Sylvestre. Le préjudice, dérisoire, ne méritait qu'un haussement d'épaules. Le temps, par distraction ou négligence d'un façonnier, n'avait fait en somme que l'économie d'un gros semestre. Pour ce que ce semestre, gros ou maigre, augurait d'exaltant…

Crible écrasa la pointe de sa pantoufle sur la pédale de la poubelle et jeta l'almanach désormais inutile. Le bruit mat du couvercle se rabattant amena sur son visage un froncement de sourcils. Il n'était pas superstitieux – ça, non ! – pour quelle raison, alors, ne put-il se défendre d'interpréter ce menu tracas comme un présage funeste ? Oui, pourquoi ? Parce que la date de son anniversaire n'avait même pas les honneurs d'un calendrier qu'il avait payé de ses deniers ? Non… La mesquinerie n'avait jamais figuré au nombre de ses défauts… Parce que, plus vraisemblablement, le cadeau que la société lui offrait à cette occasion était de ceux dont il se serait volontiers passé ? Comment avaient-ils enrobé cela, déjà, dans leur jargon lénifiant ? Ah, oui… : « Après dix-huit années de bons et loyaux services, il était autorisé à faire valoir ses droits à une retraite anticipée motivée par une nécessaire compression de personnel. » Bien sûr, ils n'avaient pas osé la formule hideuse de « dégraissage de l'entreprise » qui apparentait l'homme à quelque machine salissante. Hypocrisie des mots, dernier garde-fou d'une civilisation en plein marasme. « Place aux jeunes ! », tel était le credo éperdument ressassé d'un marché de l'emploi hanté par le spectre du chômage. Jeune… Ne l'était-il donc plus assez ? Pour sa part, il se sentait en pleine force de l'âge et au meilleur de ses facultés intellectuelles. Le gâchis et l'injustice de sa mise au rancart ne lui en apparaissaient que plus flagrants. Il secoua la tête pour chasser cette digression. Non, ce n'était pas cela. Son malaise résidait ailleurs. Réflexion non faite, il ne voulut pas savoir où.

Crible passa sans conviction au rituel du petit déjeuner. Prépara le café, sortit le pain et le beurre du réfrigérateur ainsi qu'un pack de lait non encore entamé dont il trancha d'un coup de ciseaux la languette en carton. Il en déversa un fond dans une casserole et alluma les brûleurs de la cuisinière. Il préleva ensuite deux tranches de pain de mie de leur sachet de plastique et les introduisit dans le grille-pain ; régla la minuterie. Le café au lait fut bientôt prêt, fumant dans son bol. Assis, pensif, il le porta à ses lèvres pour avaler distraitement une première lampée. Soudain, il fit la grimace, écarta précipitamment sa chaise et alla cracher le liquide chaud dans l'évier. Pouah... Ce goût d'amertume ! Revenant à la table, il saisit le pack et l'éleva à la lumière pour contrôler la date de péremption. Le lait était à consommer avant le 15.06.04, autrement dit aujourd'hui. Bien que d'acquisition récente, le liquide avait tourné avec une ponctualité de métronome. Saisi d'un doute, il vérifia les échéances de consommation sur les emballages du beurre et du pain de mie, puis, rouvrant le frigo, celles des œufs et du fromage. Toutes les denrées périssables sans exception déclaraient forfait pour le 15.

Crible eut une moue incrédule. La coïncidence des dates, involontaires complices du calendrier défaillant, n'accentua pas son malaise, mais le laissa perplexe. Tout devait-il s'arrêter impérativement aujourd'hui ? Quelle blague... Bah ! C'était de sa faute... Il aurait dû se montrer plus attentif à ses achats de la semaine. Mais évidemment, il n'était pas homme à prêter attention à ce genre de détail. Rationaliste, oui, matérialiste, non. Nuance.

Le fantôme de Sibylle Crible, tirée à quatre épingles dans son tailleur du dernier jour, apparut en transparence. Elle se tenait négligemment appuyée au chambranle de la porte.

– Décidément, mon pauvre chéri, tu aurais dû te remarier, souligna-t-elle, narquoise. Tu n'as jamais été doué pour faire les courses.

Les apparitions intempestives de son épouse n'émouvaient plus guère le veuf inconsolé. Il en avait pris son parti de longue date. Farouchement imperméable au surnaturel, Crible ne croyait pas plus aux revenants qu'à Dieu ou au diable. Ce matin-là comme les précédents, il résolut d'ignorer le phénomène.

À l'intérieur du réfrigérateur encore ouvert, la veilleuse s'éteignit en même temps que mourut le ronron du compresseur. Le frigo venait de lâcher son propriétaire par surprise. Crible n'eut pas le loisir d'épiloguer sur l'incident : le grille-pain venait de prendre traîtreusement le relais. Dédaignant les consignes de la minuterie, l'appareil se mit à grésiller avec une intensité alarmante. (L'acier du boîtier rougissait déjà.) Crible se baissait pour débrancher la prise multiple lorsque les tranches de pain sursautèrent dans leur logement respectif. Il se releva d'un bond et les sortit à la hâte entre le pouce et l'index, remuant convulsivement la main pour écarter jusqu'à l'idée de brûlure. Le pain était presque entièrement calciné. Tartines charbonneuses enduites de beurre prématurément ranci, le tout trempé dans un café au lait avarié... Une véritable parodie de spot publicitaire ! S'il avait pu voir sa tête... Spectatrice malicieuse de ces déconvenues en cascade, Sibylle rejeta en arrière la frange blonde qui lui barrait le front et pouffa d'un rire cristallin.

« L'au-delà semble lui réussir », songea Crible, imperturbable. Il ne se rappela pas l'avoir jamais vue aussi détendue.

Les éléments du petit déjeuner raté allèrent rejoindre les produits périmés et le calendrier à feuilles caduques dans la boîte à ordures. Une chance qu'elle fonctionnât encore, celle-là. Eh bien, non, justement... Fut-ce le coup de pantoufle trop vigoureux ? La petite pédale en plastique se brisa net au ras de la tringle de transmission. Un comble : il faudrait jeter la poubelle à la poubelle ! Il y avait vraiment de ces journées…

Crible se rassit face au grille-pain. Il releva ses lunettes sur le front et laissa ses pensées vagabonder. Inaugurant le suicide collectif de l'électroménager, la télé avait entrepris de lui tirer sa révérence la veille pendant le journal. L'image s'était déchirée inopinément, vérification faite sur les quatorze chaînes, et les baffles avaient brusquement retenti d'un ronflement pachydermique incongru, continu, qui avait couvert la voix du bonimenteur de service. Par précaution, Crible avait choisi de retirer la prise. Il était allé ensuite exhumer de la paperasse administrative les formulaires d'achat et d'entretien. La garantie de l'appareil arrivait comme par hasard à expiration le lendemain, c'est-à-dire aujourd'hui. À supposer qu'il eût inconsidérément reconduit sa tentative, nul doute que le téléviseur se fût conformé au contrat machiavélique en trépassant scrupuleusement ce soir par implosion ou autre joyeuseté.

Le grille-pain était tiède. Pourquoi le retourna-t-il ? Pour additionner quelque nouvel indice à une somme de coïncidences déjà conséquente ? Pour jouer avec ses nerfs ?

Sous le boîtier, une petite plaque de métal embouti maintenue par deux rivets proposait un alignement de nombres :

25.03.95 / 15.06.04

25 mars 1995 / 15 juin 2004. La date de fabrication de l'ustensile en regard de celle, programmée avec une infernale exactitude, de son dernier soupir. Un libellé de pierre tombale… Il ne manquait plus que l'épitaphe !

Crible fixa le vide, dubitatif. Posant scientifiquement dans sa tête l'hypothèse d'un ténébreux complot ourdi à son encontre par les objets les plus familiers, il ne put en dégager – à son corps défendant – que la confirmation d'un avertissement sournois pour la journée à venir. Sa réaction ne tarda pas : il balaya l'air d'un geste rageur et rejeta avec dédain le piège de l'irrationnel. S'il continuait dans cette voie, il en arriverait, pourquoi pas, à consulter son horoscope !

Sibylle occupait encore sa position stratégique, bras croisés, nonchalante, sur le seuil de la cuisine. Elle balança de côté sa chevelure diaphane et lui glissa une œillade en coulisse.

– «… Objets inanimés, avez-vous donc une âme ? » récita-t-elle.

Son époux la traversa sans ménagement pour gagner la salle de bains. Sur place, il alluma le récepteur-radio portatif et le posa, ainsi qu'il en avait l'habitude, en équilibre précaire sur le rebord de la baignoire. De ce côté-là, logiquement, rien à craindre. Il avait changé les piles une semaine plus tôt.

Sept heures trente. Il tomba sur les nouvelles. D'abord, la sacro-sainte météo. Celle-ci promettait un ensoleillement général et une température exceptionnelle pour la saison. Vingt-huit degrés centigrades aux premières brumes matinales, quarante-deux degrés à l'ombre pour l'après-midi. (On n'avait pas vu ça depuis…) En ville, les gens dormaient sur les balcons et se servaient de leur frigo comme penderie. Dans les grands magasins, les ventilateurs étaient en rupture de stock. À la campagne, le bétail crevait de soif, et les récoltes, du fait de la sécheresse, se voyaient d'ores et déjà compromises. En toutes régions la nappe phréatique était au plus bas, moyennant quoi le ministre de l'Intérieur envisageait de prendre des mesures draconiennes pour rationner l'eau potable. Le commentateur signala en outre que la banquise fondait au pôle à la vitesse d'un glaçon plongé dans un grog. Comme chaque année, on reparlait du réchauffement de la Terre annonciateur d'une brutale remontée des océans, élément lui-même porteur de déluge incontournable. Déluges, cyclones, raz de marée, calamités en tout genre, climatiques ou autres... Par ces temps de langueur résignée, il fallait rarement moins qu'une perspective de fin du monde – de préférence inédite – pour capter au saut du lit l'attention d'un auditorat présumé friand de sensations extrafortes.

– Zut ! postillonna Crible à travers la mousse à raser.

Un imperceptible réflexe désapprobateur venait de faire déraper son rasoir sur un comédon persistant qu'il se faisait une règle d'éviter. Une petite tache carmin ponctua sa joue et se mit à fleurir.

Le reflet évanescent de Sibylle s'encadra dans le miroir. Chassez le surnaturel...

– ... Quel besoin as-tu, aussi, de remâcher des idées noires ? le sermonna-t-elle. Tu ne changeras pas le monde, mon pauvre ami.

Vivante ou morte, c'était son refrain de prédilection.

Concernant les grèves, il y avait du nouveau : les débrayages de bus et de métro qui affectaient la capitale depuis le début de la semaine s'étaient étendus ce matin – paradoxalement sans crier gare – aux trains de banlieue. On prévoyait des embouteillages monstres.

Crible tiqua encore sur le sujet. Par dégoût des engins motorisés, il avait vendu la voiture à la mort de Sibylle. Il en serait quitte pour se rendre une fois de plus à pied à la gare centrale. Arrivé là, il aviserait. La grève des transports aurait certes pu lui fournir le meilleur des prétextes pour justifier une absence, mais c'eût été sans compter avec une conscience professionnelle chevillée au corps qui lui faisait une obligation d'être présent au bureau chaque jour ouvrable. À plus forte raison le dernier.

Ouvrant la rubrique société, le chroniqueur préposé à cette tâche ingrate annonça que la délinquance de haute criminalité crevait le plafond des statistiques, et le mécontentement populaire, par contrecoup, celui des sondages. L'état de l'opinion rejaillissait immanquablement sur le politique : à en croire les observateurs « bien informés », le gouvernement récemment nommé trébucherait ce soir à la Chambre. Il ne passerait pas la journée, lui non plus.

Mais le pays n'avait pas, il s'en fallait de beaucoup, le monopole de la crise. De tous côtés, on assistait à la montée des périls. À l'Est, les flambées protestataires de Moscou et de Saint-Pétersbourg avaient été sauvagement réprimées. À l'Ouest, par un louable souci d'équilibre, les émeutes raciales embrasaient les principales villes des États-Unis et du Canada. Le sud du continent n'était guère mieux loti : sanctionnant une orientation économique désastreuse, les dérives insurrectionnelles se multipliaient sur fond de famines. L'armée avait pris le pouvoir à Rio, et la situation, pour des raisons analogues, était prête à basculer au Chili et en Argentine. Sur le front des innombrables conflits à épisodes, la guerre civile qui ensanglantait le Congo avait débordé au cours des dernières vingt-quatre heures sur le Zaïre et le Centrafrique. Dépassé par son rôle de médiateur universel, le Conseil de Sécurité de l'O.N.U. ne savait plus où donner du casque bleu. Méprisant pactes et traités, les nationalismes, les tribalismes, les particularismes, se réveillaient en sursaut sous toutes les latitudes, et la planète entière ne résonnait plus que des mots de « partition », de « sécession », de « légitimes revendications territoriales ». Insidieusement se constituait le germe d'une conflagration généralisée qui n'osait pas encore dire son nom. Jusqu'ici, l'Europe de l'ouest avait été miraculeusement préservée. Il était permis de se demander pour combien de temps.

Crible écoutait sans sourciller l'inventaire quotidien des souffrances et des misères d'un monde en effervescence. Non qu'il fût insensible ou indifférent à la détresse de ses contemporains, mais, en homme pragmatique, il ne discernait pas à sa modeste échelle les moyens susceptibles de remédier à l'irrémédiable. L'esprit, de plus, qu'on le veuille ou non, s'habitue à tout, même au pire, surtout quand ce pire vous est distillé journellement, à domicile, et avec quelle délectation...

Crible apportait une touche finale à sa

toilette quand un bouchon perfide cédant à l'improviste lui fit éjecter hors du tube dentifrice – sans que sa brosse héritât de la plus infime parcelle – ce qui restait de pâte. Saisissant alors vivement une serviette pour réparer les dégâts, il eut un geste irréfléchi qui précipita le transistor dans la baignoire, vide, heureusement. La radio n'aurait pu, en revanche, tomber du plus mauvais côté. On entendit un claquement sec. L'émail du sanitaire avait eu raison du petit bouton d'allumage, cassé net dans la position arrêt.

– Foutu... soupira Crible en maudissant son faux mouvement.

En tout cas, se consola-t-il, il ne fallait voir là aucun signe du destin. Sa maladresse seule était en cause. Il évita toutefois de s'appesantir sur les raisons profondes de l'incident, justement advenu ce matin. Terminant ipso facto ses ablutions, il ne dut qu'à la chance d'échapper à une coupure d'eau non prévue. Il en toucherait deux mots, ce soir, au gardien.

Il passa dans la chambre à coucher pour s'habiller et connecta aussitôt le petit transistor de la table de nuit afin de reprendre son écoute. La suite des nouvelles ne fut guère plus réjouissante, mais leur contenu éveilla chez lui un intérêt purement professionnel.

Outre les hécatombes imputables à la folie des hommes, chaque jour apportait avec lui son lot de catastrophes naturelles. L'actualité installait ce matin en vedette américaine le réveil des volcans. En Indonésie, le Krakatoa – de sinistre mémoire – était brusquement entré en éruption, et on avait pu entendre ses explosions de colère dans un rayon de cinq mille kilomètres. Plus près de nous, en Sicile, l'Etna épanchait son chagrin de titan en déversant des sanglots de laves incandescentes sur les populations cramponnées dans le choix discutable d'élire domicile sur ses pentes. Au Nicaragua, c'était le Cerro Negro qui faisait des siennes. Des projections ininterrompues de cendres fumigènes tombaient en averses sur la deuxième ville du pays, la transformant au fil des heures en une seconde Herculanum. Mais les volcans n'étaient, révérence gardée, qu'un plaisant amuse-gueule. En cette matinée radieuse, les tremblements de terre se taillaient la part du lion.

Crible était maintenant vêtu de pied en

cap dans son accoutrement de cadre supérieur. Captivé par les nouvelles, il s'était assis distraitement sur le lit, son attaché-case sur les genoux comme dans l'autobus. (Peut-être était-ce le manque de transports en commun inconsciemment ressenti depuis des jours qui lui avait dicté cette posture compensatoire...)

La Californie essuyait un énième outrage de la faille de San Andreas, mais cette fois, les téléscripteurs affolés avaient indiqué une magnitude de force 8,6 sur l'échelle de Richter... À l'autre bout du monde, la Syrie, la Turquie et l'Irak, qui depuis le tournant du siècle payaient déjà un lourd tribut à la guerre, s'étaient vus réconciliés bien malgré eux aux premières lueurs de l'aube par la plus formidable secousse tellurique de leur histoire. Il n'était pas jusqu'à l'Europe méridionale où la cicatrice anatolienne, transformée en fracture ouverte, creusait son redoutable sillon. Du fait de leurs débuts modestes mais prometteurs, les tremblements de terre qui agitaient la Chine du sud et la mer du Japon n'eurent droit qu'à un bref développement. On avançait provisoirement, tous pays confondus, le nombre pharamineux, ahurissant, de cinq cent mille victimes et de plus de trois millions et demi de sans-abri. Ce matin, visiblement, la planète ne voulait pas être en reste avec la frénésie destructrice de ses habitants et elle entendait bien le leur faire savoir.

La voix du journaliste crachota, s'estompa et mourut sur ce bilan cataclysmique. Cette fois, c'étaient bien les piles. Crible avait trop longtemps négligé la petite radio d'appoint. Si celle-ci avait réellement dû choisir son moment pour tomber en panne, elle n'aurait pu le faire un jour mieux approprié.

Crible déplia son mètre quatre-vingts et sortit de la chambre. Il se dirigea vers la porte d'entrée et l'ouvrit sur le palier. Se retournant, il aperçut Sibylle à l'autre extrémité du vestibule.

– Bonne journée, mon chéri, lui lança-t-elle dans un sourire.

ENGRENAGE

Huit heures quarante-cinq. La verrière couvrant le hall immense de la gare centrale créait un effet de serre qui aggravait sensiblement la température extérieure. La galerie démesurée grouillait d'une foule vibrionnante : hommes en manches de chemise, col ouvert, cravate dénouée, femmes déjà parées des atours minimums de la mode estivale. La grève surprise n'était pas une invention de journaliste : toutes les rames étaient immobilisées à quai. Crible tranchait par sa sérénité au milieu de la multitude d'usagers énervés par la chaleur, exaspérés par l'incertitude de l'attente. Visages anxieux, regards braqués en pure perte sur les tableaux électroniques obstinément muets. Exceptionnellement, il alla acheter un quotidien. La une faisait mention des diverses catastrophes qui s'étaient abattues sur la planète durant la nuit ; les pages suivantes, agrémentées de cartes légendées et de croquis techniques, passaient en revue les différentes zones sinistrées.

Autour de neuf heures, une rumeur insistante se mit à circuler de bouche en bouche : un train était en partance, mais bien malin qui eût été capable de définir exactement où, précisément quand, ni au juste pour quelle destination. Sur ces entrefaites, un employé en uniforme qui avait eu l'inconséquente témérité de s'aventurer hors de sa tanière se vit bientôt assailli et pressé de questions par une foule survoltée. Afin d'échapper à un probable lynchage, l'homme laissa prudemment entendre – peut-être était-ce d'ailleurs le motif de son irruption – que la formation d'un train omnibus était à l'étude. Dans la seconde, un haut-parleur chuintant confirma qu'une rame desservant la totalité des gares de la ligne principale quitterait incessamment le quai 17. Ce fut la ruée. Aspiré par le flot humain, Crible vogua vers l'objectif parmi les éléments les plus déterminés du peloton de tête. Il commit l'erreur de s'arrêter pour reprendre son souffle devant les heurtoirs du quai de départ. Bientôt rattrapé par le gros de la troupe, il fut bousculé, basculé, littéralement jeté à terre. Il allait se relever lorsque ses yeux se posèrent fortuitement sur l'infrastructure de la motrice. À la base du manteau de protection, il distingua une portée de chiffres et de lettres peints en blanc, formule cabalistique pour initiés qu'il n'aurait pas remarquée davantage en des circonstances normales, mais dont il s'attarda, Dieu sait pourquoi, à décrypter la teneur. Une rapide traduction le renseigna ainsi sur le modèle de l'engin, une 5.D.2, la date de sa sortie d'usine, le 15 février 1994, et celle de sa mise hors service, le 15 juin 2004. Son dernier voyage, à elle aussi... Toute chose en ce monde devait nécessairement avoir une fin, d'accord, cependant... Crible n'eut guère le loisir d'extrapoler sur les dangers encourus à bord d'un convoi poussé ou tracté par une machine promise à la casse... Pas plus qu'il ne disposa du temps matériel pour décider si cette coïncidence était ou non de trop. La rame... la rame commençait à rouler ! Il se précipita vers la première portière encore ouverte, et fut happé en pleine course par des passagers secourables au moment où les battants coulissants allaient se rejoindre. Une fois à l'intérieur, il se confondit en remerciements, un peu rasséréné par ce geste de solidarité. Jouant des coudes, il se faufila plus avant dans le wagon pour attraper la perche de soutien.

Le train sortit de la gare, survola les faubourgs, oublia la ville. Le premier arrêt libéra une poignée de voyageurs dont l'absence se vit immédiatement compensée. Le convoi repartit au ralenti. Grâce à sa haute taille, Crible dépassait la forêt de crânes flottant au gré des secousses. Une affiche aux couleurs criardes se répétait à l'identique sur toute la longueur du quai. La publicité, récemment placardée mais à laquelle il n'avait prêté attention la veille ni l'avant-veille, annonçait les soldes printemps-été d'un grand magasin. Émergeant du bariolage, une blonde calamistrée au sourire de commande proclamait dans une bulle : « Tout doit disparaître le 15 juin ». La netteté de cette vision intermittente se ressentit de la brusque accélération de la rame. Pour un citoyen ordinaire, le message eût paru des plus anodins, mais pour Crible, il suggérait un contenu lourd de sens… Et si tout, vraiment, concrètement, disparaissait aujourd'hui ? Rejetant la tête en arrière, Crible inspira à fond et exhala un soupir assez sonore pour faire se retourner ses plus proches voisins. Il lui plaisait, certes, de se croire vacciné contre les atteintes de l'irrationnel, mais, piégé par sa manie analytique et confondu par ses réactions mêmes, n'était-il pas en train de fourbir les armes de l'adversaire ?... Quel adversaire, au fait ?

Nouvelle station, nouveau transit, nouveau départ. Le convoi redémarra encore par une série d'à-coups déstabilisateurs. Un jeune homme, plus grand que Crible et pourvu d'une paire d'épaules en proportion de sa stature, était monté à la gare précédente. Il s'était frayé un passage en force jusqu'au centre de la voiture et avait enlacé d'autorité la perche chromée. Il avait repoussé Crible et s'était planté dos tourné face à lui. Le colosse juvénile portait un blouson de skaï noir clouté d'une inscription censée refléter le désarroi réel ou supposé de sa génération : NO FUTURE. À la lecture de ces deux mots qui encombraient son champ de vision, Crible fut pris d'une sueur froide. Les messages s'accumulaient, de plus en plus limpides... Le destin pouvait-il se montrer plus éloquent, ou devrait-il surenchérir d'un assaut pour désarçonner le sceptique ? N'arrive-t-il pas un moment où, pour le scientifique le plus pointilleux, la surabondance d'indices équivaut à une preuve ? Mais Crible était d'une autre trempe. Il domina cette faiblesse passagère et résista encore.

Au fur et à mesure des arrêts en grande banlieue, le train se vida sensiblement. Crible put même s'asseoir et il en profita pour se replonger dans son journal. Comme le train approchait du terminus, il se leva pour aller aux toilettes. L'endroit, livré à la foule depuis le départ, était repoussant de saleté. Visiblement, pas un de ses occupants successifs n'avait souhaité le laisser aussi propre qu'il l'avait trouvé en entrant…

Crible ferma la porte au loquet et s'y adossa, menton levé, paupières closes. Il savoura la solitude retrouvée, même si le lieu dévasté n'invitait guère au recueillement. Ayant posé son attaché-case, il commença par épousseter sa veste et son pantalon du revers de la main afin d'effacer les dernières traces de sa chute, puis redonna du lustre à ses chaussures à l'aide d'un kleenex. Il releva ensuite du bout des doigts la lunette des W.C. Devant ses yeux, un cadre de métal enserrait un encart promotionnel vantant les mérites d'une compagnie d'assurances. Sur les plages laissées libres, le panneau se couvrait des griffonnages obscènes convenus, mais parmi ceux-ci se détachait dans une calligraphie serrée, un entrefilet nettement hors contexte. Accroché par le prologue, Crible avança le nez, concentra son regard par-dessus ses verres, déchiffra. Un philosophe occasionnel avait posé ce diagnostic sans appel : « L'espèce humaine est une maladie proliférante dont la Terre ne guérira que par un processus radical de rejet ». Le philosophe-pathologiste s'était ensuite mué en prophète de malheur, car suivait, tracée dans la même écriture pattes de mouche, cette sentence librement adaptée du fameux verset de l'Apocalypse : « Il appartient au sage de calculer le nombre de la Bête, car c'est un nombre d'homme et ce nombre est six cent soixante-six ; or ce nombre illuminera par six fois son esprit au jour dit de la fin de ce monde… ». Le lointain disciple de saint Jean ne s'était pas dérobé à ses responsabilités divinatoires. N'allait-il pas jusqu'à dater l'événement : « … Le 15 juin 2004 »?

– Lubie d'écolo illuminé ! hulula Crible.

Mais trop, c'était trop, même pour un incrédule fondamental. Au-dessus du lavabo, le miroir lui renvoya un visage déformé par l'angoisse. Il zappa mentalement sur ce visage. Retroussa ses manches, veste et chemise mêlées, se lava les mains et s'humecta le front. Le distributeur de serviettes ayant été soumis au pillage, il eut encore recours à ses mouchoirs en papier pour s'essuyer et nettoyer ses lunettes. Il rectifia son nœud de cravate, disciplina sa chevelure. Tel quel, il était présentable. Sur le point de sortir, il jeta un regard circulaire pour vérifier qu'il n'avait rien oublié. C'est alors qu'il remarqua, en partie dissimulé derrière la cuvette des W.C., un petit rectangle de bristol bistre, plié, d'allure familière. Il se pencha pour le ramasser. C'était une carte d'identité. Pas la sienne. Un de ses prédécesseurs, distrait, l'avait égarée là. Des choses qui arrivent. Il se promit de la confier à un responsable de sa station si par hasard il en dénichait un. En attendant, par pure curiosité, il ouvrit le bristol plastifié et en parcourut machinalement le libellé. Le nom : Legrand, le prénom : Merlin, la profession : artiste, se déclinaient en marge d'un portrait photomaton représentant un type émacié, regard injecté, cheveux noirs gominés, barbiche méphistophélique, moustaches cirées à la Salvador Dali. Le bonhomme était né à Saint-Rémy-de-Provence le 23 novembre 1946 et décédé à Paris le 15 juin 2004. Crible allait refermer la carte lorsque le caractère insolite de la dernière rubrique suspendit son geste. Aucune pièce d'identité, si précise fût-elle, ne pouvait porter, et pour cause, une date de décès. Quelle espèce de personnage pouvait se prévaloir de connaître la date de sa mort ? Par quelle malignité du sort, surtout, ce trépas annoncé devait-il tomber justement aujourd'hui ? En proie à mille spéculations, Crible ne perçut pas le ralentissement de la rame. Il s'assit sur le siège des W.C., et, par acquit de conscience, confronta la carte avec la sienne propre. L'imitation, si vraiment c'en était une, était excellente, mais en ces temps de délinquance galopante, les documents falsifiés à partir de pièces authentiques ne couraient-ils pas les rues ?

Le convoi s'était immobilisé. Crible sortit en trombe des toilettes. Il se rua vers la portière la plus proche dont le double battant se refermait déjà et s'éjecta du wagon aussi rapidement qu'il y était monté. Le train s'ébranla à vide, abandonnant son ultime contingent de voyageurs sur le quai écrasé de soleil. Avisant le chef de gare en tenue sur le quai opposé côté bâtiment, Crible escalada prestement les degrés conduisant à la passerelle couverte. Il dévala la volée de marches a contrario et rejoignit l'uniforme galonné.

– Excusez-moi... lança-t-il.

– Oui ? demanda l'interpellé.

– ... J'ai trouvé ceci dans les toilettes de mon wagon.

L'autre coula sur la carte un œil désillusionné.

– Mouais... rumina-t-il d'un ton las. Veuillez me suivre.

Il indiqua la porte vitrée de son bureau et invita le voyageur à entrer.

– Regardez.

Sur le plateau d'une table d'angle en bois verni s'empilaient deux tas de bristols identiques.

– Je collectionne ce genre d'article depuis quinze jours, expliqua l'homme à la casquette. Et c'est pareil pour tous les collègues du réseau banlieue.

– Mais... réagit Crible, interloqué.

– Legrand Merlin, sans doute un pseudonyme, est un saltimbanque, une sorte de

Nostradamus d'opérette… Vous ne regardez pas la télé ?

– Jamais les émissions de variétés, se défendit Crible avec un mouvement de recul.

– … Un numéro de voyant extralucide, continua le préposé. Vous voyez le genre… Enfin, si ça amuse les gosses… Une astuce pas plus bête qu'une autre, remarquez… Le coup de génie du bonhomme c'est d'avoir arrosé les lieux publics avec une relative parcimonie. Le bouche à oreille est de loin la publicité la plus efficace, non ?

– Admettons, marchanda Crible, mais alors, sa crédibilité risque d'en prendre un sacré coup… (Il ouvrit la carte et souligna de l'index l'information impossible…) Il annonce sans équivoque la date de sa mort pour aujourd'hui.

– Sa mort professionnelle, en tout cas, riposta l'uniforme. Si vous vous intéressiez à l'actualité, vous sauriez qu'il donne sa représentation d'adieu ce soir à l'Olympia.

– … Il poussera peut-être le sens du spectacle jusqu'à se suicider en scène, conjectura Crible pour qui le respect de la parole donnée et la conscience professionnelle étaient des vertus cardinales.

– Bah… Qu'il fasse ça en scène ou chez lui, il a largement le temps, disserta l'autre sans s'émouvoir. Après tout, le 15 juin n'échappe pas à la règle ; il court jusqu'à 23 heures 59…

« Le souci de l'horaire est réellement la seconde nature des chefs de gare », médita Crible en esquissant un sourire.

Il abandonna la pièce à conviction au collectionneur malgré lui, salua et sortit, l'esprit allégé de quelques grammes de tourment. Un indice parmi tant d'autres venait enfin de recevoir une explication logique. La preuve venait d'être triomphalement administrée que toute prétention à lire l'avenir ne pouvait relever que du charlatanisme.

I.N.S.

– ... Max ! Hé ! Max ! Attends-moi ! s'époumonna Frank Gibbelin.

Crible s'arrêta mais ne se retourna pas. Il n'avait jamais aimé le prénom suranné, un brin pompeux, dont sa mère l'avait affublé et qu'elle avait été la seule, d'ailleurs, à utiliser. Maximilien... Mais il n'appréciait pas davantage – pour des raisons diamétralement opposées – ce diminutif trop familier de Max qui lui évoquait quelque petit bonhomme déluré, héros de bandes dessinées pour enfants. À tout prendre, il préférait qu'on l'appelât, comme à l'école, tout bonnement Crible, patronyme de prédestination dont le sens dérivé porté au dictionnaire lui convenait à merveille : « Passer au crible : ne rien laisser au hasard. Faculté de distinguer le vrai du faux. »

Gibbelin le rejoignit, en nage. Il était aussi rond et ramassé que Crible était mince et longiligne.

– Salut... fit-il en épongeant sa face

lunaire avec un mouchoir format serviette de table. Fichues grèves, hein ?... Et puis, cette fournaise... Tu étais dans le train ?... Moi, je suis venu en voiture. Geneviève m'a laissé à la gare parce qu'elle avait des courses à faire... Elle viendra me récupérer ce soir. Si tu veux profiter de la bagnole...

Crible hocha le menton en guise de remerciement évasif.

– ... Bon, on arrivera en retard, mais Fragme-Lambert n'en fera pas une jaunisse... Ce n'est pas le dernier jour de boulot qu'on va aller nous chercher des poux dans la tête, hein ?

Gibbelin faisait également partie de la charrette des quadragénaires licenciés.

Ils quittèrent la rue principale pour emprunter l'allée piétonne qui traversait la zone industrielle, et se dirigèrent vers la bâtisse massive hérissée d'antennes fourchues et paraboliques qui abritait le siège de l'I.N.S. (Institut National des Sciences).

Il est peut-être temps, à ce moment du récit, d'en dévoiler un peu plus sur les activités de Maximilien Crible. Parvenu au sommet de l'organigramme comme directeur de service au département de géophysique, section de cartographie, il y exerçait la profession de lecteur-analyste des données satellitaires. Ce titre à rallonges signifiait qu'il était affecté à la surveillance et – dans la mesure du possible – à la prévision des mouvements de l'écorce terrestre. Gibbelin occupait, lui, un poste de responsabilité équivalente au service de la maintenance, division entretien et réparation. Ingénieur diplômé en informatique, il se faisait une loi de veiller avec un soin méticuleux au bon fonctionnement du matériel technique, de la calculette de bureau à l'ordinateur. Le sérieux avec lequel les deux hommes s'acquittaient de leur tâche n'avait pas manqué de les rapprocher, et, sans être devenus pour autant des intimes, ils en étaient au stade d'une estime réciproque qui allait au-delà de la simple cordialité.

Gibbelin était du genre bavard à idées fixes. Tandis qu'ils cheminaient de concert vers l'institut, le gros homme y alla de sa complainte favorite :

– ... Y a pas à dire, c'est quand même rageant... amorça-t-il en semant la fin de sa phrase d'une ribambelle de points de suspension.

– Quoi donc ? demanda Crible par réflexe conditionné.

– … De partir, comme ça, sans avoir vu le fameux Antisphinx. À vingt-quatre heures près…

La complainte se faisait chaque jour plus pressante.

– L'Histoire est pleine de rendez-vous manqués, opina Crible, caustique.

– … Même moi, je n'ai pas été autorisé à le voir.

– Tu es le chef de la maintenance…

– En principe, oui, mais ma zone de compétence s'arrête au cinquième sous-sol… Je ne dispose d'aucune clé, d'aucun code d'accès. Et puis même… Le grand manitou est tellement à cheval sur le protocole qu'il a interdit à quiconque d'y pénétrer avant l'inauguration, demain, par les officiels. Le président de la République en personne fera le déplacement !

Crible était fatigué de ce discours stérile. Ce matin-là, par pure provocation, il osa le blasphème.

– Bah… Antisphinx n'est qu'un gadget électronique pour fête foraine… Un peu plus spectaculaire que les autres, d'accord, mais tu avoueras…

La mèche était allumée.

– … Mais c'est sans commune mesure,

mon pauvre Max ! explosa l'ingénieur à point nommé. Antisphinx est le plus formidable complexe d'intelligence artificielle jamais conçu ! Cinq étages entiers de circuits miniaturisés... Toute la mémoire du monde... La clé de son avenir, peut-être ! Antisphinx est la huitième merveille... Un miracle de la technologie européenne que...

– ... Que les Américains et les Japonais nous envient, enchaîna Crible, mi-figue mi-raisin, en se reportant à l'argumentaire convenu.

Gibbelin était de bonne composition. Il commença par sourire de ses débordements lyriques, puis, renchérissant sur le terrain de la dérision, se mit à contrefaire la voix de D. F.-L. (Didier Fragme-Lambert, le patron) pour parodier le discours dont ce dernier les avait si souvent abreuvés :

– «... Mes amis, le sphinx de la mythologie se targuait jadis de poser aux hommes des énigmes insolubles. Aujourd'hui, à l'aube du troisième millénaire, les hommes ont enfin pris leur revanche sur les dieux : ils ont créé Antisphinx, la machine ultime, dépositaire du savoir universel, capable – juste retour des choses – de résoudre tous leurs problèmes.»

– C'était à s'y méprendre, reconnut Crible, sincèrement admiratif. Tu as raté ta vocation d'imitateur.

Le gros homme ignora le compliment et se rembrunit à vue d'œil tandis qu'ils abordaient le parking-visiteurs. Ils franchirent le terre-plein et gravirent les quatre marches du perron.

– … Bon, conclut Gibbelin en poussant la porte du hall d'accueil. On continuera cette édifiante conversation tout à l'heure, au self.

– N'y compte pas trop, se défila Crible par avance. Avec cette épidémie de tremblements de terre, j'aurai du boulot par-dessus la tête. Je crois que je me contenterai d'un sandwich.

Gibbelin était un employé consciencieux, mais peu enclin aux cadences infernales.

– Du… du boulot, un dernier jour ? se récria-t-il. Tu rigoles, ou quoi ? Ça alors, c'est de l'excès de zèle ou je ne m'y connais pas !

– Je ne fais pas ça pour leurs beaux yeux, crut bon de plaider Crible. Cet excès de zèle, comme tu l'appelles, obéit à des mobiles purement égoïstes.

– Tu descendras quand même à cinq heures pour le vin d'honneur et le laïus du patron, non ? Ils ne peuvent pas nous ficher dehors sans y mettre un minimum de formes...

– Entendu, transigea Crible. Je tâcherai de me libérer pour la remise des médailles en chocolat.

Ils se séparèrent devant les ascenseurs.

Crible s'arrêta au cinquième. La grande pièce à claire-voie qui occupait une bonne moitié de l'étage était son domaine depuis onze ans. Il avait emménagé dans les locaux neufs lorsque son service avait été transféré de la capitale vers la grande banlieue. C'est là qu'en 1997 il avait arrosé sa promotion de directeur peu après la mise à la retraite de son prédécesseur. La roue avait tourné. Maintenant, c'était son tour. Il s'immobilisa sur le seuil et enveloppa la salle d'un regard déjà nostalgique. Le long de la baie vitrée aux stores vénitiens baissés, Lemartial, Durantin et Benkhouzi planchaient sur leur grande table à contrepoids. Ils tournèrent la tête pour saluer son arrivée. Marion, la secrétaire, dont le bureau faisait pendant au sien à droite de l'entrée, délaissa un instant ses claviers et les imita. Planant au ras de la moquette gris souris, le ronron à peine audible de la soufflerie d'air conditionné tenait lieu de silence. Celui-ci n'était troublé que par le bourdonnement capricieux des quatre armoires d'ordinateurs auquel répliquait parfois le crépitement des télex. Attendrissant dialogue de machines. Dans quelques heures, il lui faudrait dire adieu à ce décor, à cette ambiance. Ce soir, il quitterait définitivement la scène. Crible ne pouvait cependant se départir d'un sentiment trouble enfoui dans les tréfonds de son cerveau, sorte de consolation morbide dont il n'aurait su clairement cerner les raisons, ni d'ailleurs la nature. Une conversation de routine vite expédiée roula sur la canicule et les difficultés des transports, après quoi chacun se remit à l'ouvrage. Crible contourna son bureau et vint s'y asseoir. Devant lui s'étalait un lot conséquent de photographies grand format. Le service de réception et de sélection des documents fonctionnait vingt-quatre heures sur vingt-quatre dans une pièce attenante. Les trois collaborateurs directs de Crible y officiaient par roulements.

Il pressa la première touche de son interphone.

– Lavigne ? Bonjour. On a reçu les scanners de la dépression Atlantique ?

– Bonjour, chef, répondit une voix enjouée. Lavigne est malade et Delgado est en vacances. Ici, c'est Watrin.

– Salut, mon petit Watrin. Question inchangée.

– La réponse est oui. Par bonheur, les caméras de Watcher 15 sont redevenues opérationnelles durant la nuit. Je termine juste le dépoussiérage.

– Vous me les apportez.

– Tout de suite, chef ? Mais…

– Mais quoi ?

– Ben… Je pensais que pour votre dernière journée, vous laisseriez un peu flotter les rubans…

La repartie fut sèche :

– Je vous attends, Watrin.

Le jeune homme – il pouvait avoir la trentaine – arriva dans la seconde.

– … Dernières nouvelles des séismes ! déclama-t-il avec la gouaille d'un crieur de journaux.

– Merci, marmonna Crible en s'emparant des photos.

Watrin fit mine de partir, mais son supérieur l'arrêta.

– ... Seattle nous a communiqué les échographies de Watcher 8 ? (Il continua sans attendre la réponse.) J'aimerais les voir pour information.

– Nous les avons reçues en urgence voici une heure. Hum... toussota le jeune homme en creusant la ligne de ses sourcils, avec votre permission, je crois que l'Atlantique et le Moyen-Orient peuvent attendre. Il y a du nouveau concernant la Californie...

Crible leva la tête et regarda pour la première fois son adjoint. Sa blouse était ouverte, froissée, et il n'était pas rasé.

– Ma parole, on dirait que vous avez passé la nuit ici...

– C'est le cas, chef. J'allais partir, hier soir, quand tout le cirque s'est mis en branle...

– Vous devriez rentrer vous reposer, mon vieux.

– Ça va. Je tiens encore le coup. Et puis, avec ces grèves... Je rentrerai quand je rentrerai. Pour en revenir à la Californie...

– Eh bien ?

– La première secousse s'est déclarée à six heures vingt G.M.T. avec répliques exponentielles en durée et en intensité.

– La faille de San Andreas ? Oui... J'ai écouté la radio avant de venir.

– Elle s'est considérablement développée...

– Longueur ? Largeur ?

– Longueur ET largeur.

– Quoi... Elle a atteint le Mexique ?

Watrin accentua son froncement de sourcils.

– Vous... vous ne savez pas ? C'est vrai, comment auriez-vous pu...

Crible examina son collaborateur par-dessus ses lunettes.

– Je vous écoute.

– ... Jusqu'au Pérou.

– ... Jusqu'au Pérou ! répéta Crible en écho.

– C'est sans précédent. Toute la frange continentale s'est brusquement désunie, mais le pire...

– ... Parce qu'il y a pire ?

– La fissure progresse actuellement dans deux directions perpendiculaires à partir du golfe de Guayaquil.

– Ce qui signifie...

– ... La Terre de Feu et le Japon. Nous n'en sommes pas encore là, mais il y a de sérieux risques de jonction avec les plaques instables du sud-est asiatique. Si jamais les chevauchements tectoniques transpacifiques profitent de l'occasion...

– Eh bien ! s'exclama Crible, les yeux exorbités. Pour une dernière journée... Mon remplaçant aura du pain sur la planche !

Watrin rentra la tête dans les épaules et avoua, gêné :

– Je... Ce n'est pas encore officiel, mais je dois vous dire que j'ai été désigné pour assurer provisoirement votre succession.

Crible affecta de lorgner son interlocuteur comme s'il en évaluait les capacités. Pour finir, il estima, débonnaire :

– Allons... Fragme-Lambert aurait pu faire un choix plus détestable !

Ils éclatèrent d'un rire complice.

Depuis 2002, année de leur lancement, les vingt-quatre satellites d'observation de type Watcher gravitaient en orbite géostationnaire à une altitude de cent vingt kilomètres. Outre leur fonction annexe de réflecteur d'ondes hertziennes, leur mission principale était de retransmettre à horaires fixes une moisson informelle d'images et d'informations aux centres terrestres agréés. Le secteur d'activité de Watcher 15 concernait plus particulièrement la dorsale Atlantique à hauteur de la ceinture équatoriale.

Crible se plongea, loupe en main, dans l'étude du rift Açores / Sainte-Hélène. Il grimaça puis s'éjecta de son fauteuil mobile pour bondir aux tiroirs d'archivage. Cela faisait une semaine qu'il surveillait cette zone, mais il limita sa sélection aux relevés des trois jours écoulés. Le doute n'était pas permis : la comparaison entre le premier document et le dernier de la série indiquait que la configuration du relief sous-marin s'était notablement altérée. La fissure originelle, là aussi, était allée en s'allongeant, en s'élargissant, et, pour ce qu'il pouvait en soupçonner, en s'approfondissant. À telle enseigne que s'il avait voulu en suivre l'évolution dans les deux sens, il aurait dû se référer aux indications complémentaires des Watchers 14 et 16... Bien entendu, personne n'y avait fait allusion dans les médias, seuls les tremblements de terre touchant les régions habitées étant susceptibles d'intéresser ces impénitents amateurs de catastrophes.

Crible marcha de long en large, sortit de la pièce et écuma le couloir depuis les ascenseurs jusqu'au distributeur de café.

Le parcours méditatif des grandes occasions. La secrétaire et les trois assistants échangèrent une œillade entendue. À son retour, Crible demanda à Watrin la totalité des données satellitaires en sa possession. Ce qu'elles révélaient était affolant. Partout de nouveaux foyers se déclaraient. Les épicentres qui, depuis des décennies, des siècles, des millénaires, étalaient dans le temps leur turbulent réveil, semblaient s'être donné le mot pour aujourd'hui. De la Nouvelle-Zélande à l'archipel indonésien et des massifs du Sin-Kiang jusqu'au fossé rhénan même, on aurait pu dresser le répertoire complet des séismes en activité, en formation ou en gestation, et les relier entre eux par une ligne quasi continue. Crible, dont c'était précisément le métier, ne se priva pas de crayonner à grands traits sur un calque celluloïd ce planisphère de l'épouvante.

Pour couronner le tout, il reçut des mains de Watrin, hagard, les plus récents instantanés de Watcher 8, images terribles de la secousse qui éclipsait les autres par son importance : celle d'Asie mineure. À leur vue, Crible desserra son nœud de cravate et, lui qui ne connaissait pas la transpiration, épuisa son stock de kleenex à éponger ses moiteurs. Une déchirure cyclopéenne accusait ses contours évolutifs depuis la frontière jordano-irakienne jusqu'aux confins de la Russie méridionale. De leur côté, les télex confirmaient l'amplitude jamais enregistrée de 9,2 sur l'échelle de Richter. Ce séisme sans précédent plafonnait en outre au coefficient 12 de l'échelle de Mercalli, degré ultime correspondant à une remise en cause radicale du profil des continents. La plus grande partie de l'Irak et la quasi-totalité de la Turquie n'existaient déjà plus qu'à l'état d'ulcération… Une plaie béante à la surface de la Terre, si énorme, si profonde, qu'elle devait être visible de la Lune ! Les images étaient abstraites pour cause de distance, mais l'analyste imagina, effaré, les conséquences du fléau endurées sur le terrain. Il se pencha plus avant sur le cliché. Saisi par l'œil indifférent du satellite, le craquement laissait entrevoir, en contrebas d'une dépression d'au moins cinq cents mètres amplifiée par une surnivellation de hauteur équivalente, un plateau étrangement lisse disparaissant dans l'ombre portée des nouveaux plissements en à-pics. Il suivit à la loupe le parcours fracturé de ce corridor inopinément mis à jour. Utilisant les tables de conversion, il détermina approximativement l'écartement maximum des lèvres de la plaie à trois cents kilomètres. Pestant contre l'obscurité de l'image, il devina plus qu'il ne distingua une série de balafres discontinues, droites, courbes, croisées, circulaires, sinusoïdales, spiralées, biscornues, incisions étrangement régulières, parfois répétitives, comme griffées par un gigantesque burin. Indubitablement, ces ciselures ne pouvaient être que l'œuvre de la nature, mais la cohérence de leur dessin lui remit en mémoire le mystérieux artefact de Nazca au Pérou. Nul ne savait au juste quelle mouche avait piqué les Incas à la fin du premier millénaire, de tracer à découvert des inscriptions géantes uniquement perceptibles vues d'avion. Cela n'avait pas empêché certains hurluberlus d'avancer l'hypothèse d'un balisage au sol destiné à faciliter l'atterrissage de vaisseaux extraterrestres... Inutile de s'étendre sur ce que Crible en pensait. Intrigué néanmoins par la présente énigme, il posa sa loupe et alla emprunter son compte-fils à Durantin. Ce dernier n'était plus là, non plus du reste que Marion, Lemartial et

Benkhouzi. Où étaient-ils ? Il se rappela alors seulement les avoir vus défiler dans un brouillard cotonneux et les avoir vaguement entendus dire quelque chose comme « Bon... ben, on descend manger, chef ». Crible regarda sa montre. L'heure raisonnable pour déjeuner était en effet largement dépassée.

Piquant du nez sur le cliché, il colla sa rétine à l'oculaire du compte-fils et promena l'instrument sur le trajet de la crevasse. Il se releva en grognant, cervicales endolories. L'ombre portée sur le plateau était décidément trop prononcée pour qu'il pût examiner sa découverte avec une précision suffisante. Sans quitter son fauteuil, il roula de son bureau au plus proche ordinateur et soumit à celui-ci l'énoncé d'un problème d'arithmétique. La solution affichée presque instantanément l'instruisit que le moment de clarté optimum sur la zone concernée se situerait dans environ soixante-quinze minutes, c'est-à-dire vers quatorze heures quinze. Un examen probant serait alors possible, mais Crible avait-il encore besoin d'une confirmation, même partielle, de son pressentiment ?

Il connecta l'interphone.

– Ah ! Watrin… Vous êtes encore là. Bien, mon vieux ; trois choses : il me faut, toutes affaires cessantes, d'abord la reconstitution in extenso des dix derniers puzzles planisphériques, et ensuite, impérativement, vous m'entendez bien, impérativement, la séquence complète des échographies prises par Watcher 8 entre quatorze heures et quatorze heures trente.

– Troisième chose ?

– Vous ne devinez pas ? Motus et bouche cousue sur les événements jusqu'à nouvel ordre. Je ne tiens pas à endosser la responsabilité d'une panique générale.

Il coupa sans attendre l'acquiescement de son adjoint, et, saisissant dans la foulée le téléphone intérieur, composa le numéro de la haute direction. Les sonneries succédèrent aux sonneries. Il allait capituler quand on décrocha.

– Allô ? interrogea une voix haletante.

– Mademoiselle Langagne ? s'enquit Crible.

– Fffoui… souffla la correspondante. Excusez-moi, qui que vous soyez. Je remonte juste de déjeuner.

– Maximilien Crible à l'appareil. Mademoiselle, pourrais-je voir monsieur le Directeur en début d'après-midi ?

– Je ne crois pas que ce soit possible, répondit la voix qui avait entre-temps retrouvé son débit naturel. M. Fragme-Lambert est en rendez-vous à l'extérieur. Il reviendra... (Elle consultait le planning)... vers seize heures trente. Pour le vin d'honneur. Vous êtes parmi les premiers concernés, d'ailleurs, se sentit-elle obligée d'ajouter. S'il y a une commission...

– Non. Aucune importance, écourta Crible en raccrochant.

Il ôta ses lunettes, se massa les paupières, déserta ses pensées. Sortant de sa torpeur, il décida de rompre la promesse faite à Gibbelin et descendit au self-service.

STRATAGÈME

Le coup de feu de treize heures était passé, mais le réfectoire clairsemé bruissait encore ici et là de la rumeur des conversations. Gibbelin était assis à son poste d'observation coutumier, au fond de la salle, dos au mur. Il en était au dessert.

– Ah ! Tu t'es quand même décidé ! triompha-t-il en voyant Crible venir à lui et poser son plateau repas.

– La planète est le théâtre d'une activité sismique unique dans les annales, attaqua l'arrivant à peine installé.

Il avait parlé à voix basse, précaution bien superflue car leurs plus proches voisins se situaient à trois tables de là. Eussent-ils d'ailleurs été attentifs que leur esprit tout entier tourné vers les prochaines vacances se fût illico fermé à ses propos alarmants.

– ... Et tu travailles... Un jour comme aujourd'hui ! soupira Gibbelin, totalement hermétique à l'anxiété pourtant visible de son compagnon.

– Aujourd'hui plus que jamais ! fulmina Crible, horripilé. (Cette fois, les tablées les plus éloignées se retournèrent.) Nom d'un chien, continua-t-il en sourdine, mon contrat de travail expire ce soir à dix-huit heures, comme tous les jours ouvrables. Je ne vais pas rester les bras croisés pendant que…

Gibbelin avait un physique de glouton, mais il mangeait comme un moineau. Il porta à ses lèvres une bouchée microscopique de tarte aux fraises, la mâcha religieusement, l'avala.

– Fais comme moi, suggéra-t-il, placide. Passe de bureau en bureau pour dire au revoir aux copains et réunis tes affaires personnelles. On ne se rend pas compte de ce qu'on peut accumuler au fil des années… Je n'ai pas de conseil à te donner…

– Tu n'as pas de conseil à me donner ! statua Crible, cinglant.

– Bon… Bon…

– Ah ! Excuse-moi.

Il continua pourtant sur le même ton cassant, s'interrogeant, curieusement affirmatif :

– Quelle heure est-il.

Jetant un œil à sa montre, il répondit à sa propre absence de question.

– Une heure et demie... Zut ! Elle est arrêtée. Pas depuis longtemps...

Il planta un regard de braise dans celui, interloqué, de son vis-à-vis, et déclara, péremptoire :

– Tout s'arrête aujourd'hui.

– Allons, vieux, calme-toi... Ce sont des choses qui arrivent. (Gibbelin se haussa du col pour consulter l'horloge du réfectoire.) Il est deux heures moins cinq. Tu me parais drôlement énervé... Je ne t'ai jamais vu dans cet état. D'accord, ce n'est pas une journée comme les autres, mais enfin, ce n'est pas la peine d'en faire un drame...

Cette discussion n'était qu'un monologue à deux voix, Gibbelin débitant un stock de lieux communs fastidieux que Crible n'écoutait qu'à mi-temps. Ce dernier porta la montre à son oreille et se mit à alterner par saccades l'audition du tic-tac et l'examen rapproché du cadran. Devant la physionomie perplexe jusqu'à l'ahurissement de son collègue, il arqua les sourcils à l'extrême et écarquilla une paire d'yeux en alerte. La montre ne s'était pas réellement arrêtée ; son mouvement s'était simplement ralenti. Crible assimila le battement électronique au rythme cardiaque d'un mourant. Tic... Tac... Tic... Tac... On aurait pu intercaler dix tic-tac normaux entre deux tic-tac actuels. Accompagnant le ralentissement sonore, la grande aiguille, d'ordinaire plus mobile, ne franchissait qu'avec effort le cap des secondes. Le mécanisme fonctionnait donc encore, mais il était entré dans une sorte de coma. Crible se persuada que si les écarts continuaient à croître de manière ampliative, le processus s'interromprait définitivement cette nuit aux alentours de zéro heure... Comme tout le reste. Zéro heure... L'heure zéro... Où diable était donc passé le 16 juin ? Crible eut un sourire, le sourire épanoui, inquiétant, d'un paranoïaque découvrant sa pathologie avec émerveillement. Il ne souriait pas aux anges, mais aux démons. Pourquoi l'avait-on choisi, lui... Et dans quel but ?

Gibbelin jugea préférable de lever le camp. Crible – retour à la normale – le retint par la manche.

– J'allais commander les cafés, allégua le gros homme.

Cédant à la pression insistante, il se rassit.

– Écoute-moi bien, Gibbelin : j'ai besoin de voir Antisphinx.

– Qu'est-ce que tu me chantes là ?

– Il me faut obtenir d'urgence la confirmation de certains faits… troublants.

– … Une nouvelle lubie, à présent ! railla l'ingénieur. Arrange-toi avec ton propre terminal ; je suis bien placé pour savoir que c'est un des plus performants de l'institut.

– Non. Seul Antisphinx est capable de m'aider. Il possède les connaissances, la compétence et la rapidité, surtout la rapidité… Tu me l'as assez rabâché. Je dois le voir, tu comprends, je dois le voir.

– Celui-là, alors, il est impayable ! exulta Gibbelin en prenant à témoin les tables vides environnantes. Voilà des semaines que Môssieu joue les blasés, et maintenant…

– J'ai changé d'avis.

– … Parce que tu t'imagines qu'il suffit d'un claquement de doigts ? Tu sais bien qu'Antisphinx…

– … Doit être inauguré demain et que d'ici là, pas touche. Je connais la ritournelle.

– Écoute, j'ignore même s'il est d'ores et déjà opérationnel…

– Il le sera pour moi ! décréta Crible. Si ses capacités doivent être mises à contribution, c'est aujourd'hui.

– Au fait, en quoi cela me concerne-t-il ?

– Disons que je t'associe à l'opération...

– Trop aimable. Mais ton projet n'en demeure pas moins complètement dingue. Crois-moi : tu ferais mieux de laisser tomber.

– Pas question.

Un silence, lourd de tentations informulées. Gibbelin oscilla, vacilla.

– Hé... Il y a la procédure d'accès...

– J'en fais mon affaire.

– ... Et puis, il y a les clés. Je ne les ai même jamais vues qu'en photo...

– Il me les faut.

– Pour ça, mon vieux, soupira Gibbelin, il faudra passer sur le corps de Fragme-Lambert... ou sur celui de sa charmante secrétaire. (Clin d'œil égrillard.) Redevenant grave : Enfin quoi... Tu ne parles pas sérieusement ?

– Bon sang ! s'emporta Crible. Je n'ai pas rêvé... C'est bien toi qui, pas plus tard que ce matin, aurais vendu ton âme pour voir la bête ?

L'ingénieur s'écrasa sur son siège, bras ballants.

– J'en crève d'envie, tu veux dire.

– Bon, alors de quoi as-tu peur ? D'un licenciement pour faute professionnelle ? Ce licenciement, tu y as droit de toute façon. L'administration peut faire beaucoup de choses, mais certainement pas renvoyer quelqu'un deux fois !

Gibbelin plissa son front en accordéon. Il pesa le pour et le contre et prit sa décision.

– C'est de la folie furieuse, mais… banco, je marche.

– Parfait ! adjugea Crible. Je t'exposerai mon plan en prenant le café.

Il n'avait pas touché à son déjeuner.

Crible réintégra en coup de vent son cinquième étage. Les documents espérés l'attendaient sur son bureau, trombonés d'une note jointe spécifiant que Watrin, son travail fini, avait profité de la voiture d'un collègue pour rentrer chez lui. La reconstitution des planisphères évolutifs était impeccable, et Watcher 8 avait lui aussi parfaitement rempli son contrat. Tirant parti du soleil à l'approche du zénith, il avait mitraillé aux heures dites son secteur d'observation et en avait scrupuleusement retransmis les images. Certes, les lèvres de la crevasse frangeaient encore le plateau dépressionnaire d'une ombre portée, mais celle-ci était minime, et les ciselures, bénéficiant de la lumière frisante, présentaient désormais une définition acceptable. Une écriture… Décidément, c'était bien une écriture… La répétition de certains signes, plus tarabiscotés qu'à première vue, l'attestait. Une écriture géante défiant l'échelle humaine… Était-il toutefois séant de parler d'échelle divine ? Agnostique par conviction, Crible ne s'y hasarda pas de gaieté de cœur. Il eut un rapide débat intérieur à l'issue duquel il pactisa hypocritement avec lui-même, s'accordant en définitive sur la probabilité des faits pour ne pas s'avouer ouvertement qu'il y adhérait sans réserves.

Se redressant d'un bond, il s'arc-bouta en arrière et se déhancha au mépris de ses lombaires.

– Je déraille complètement, mais c'est délicieux ! gloussa-t-il pour le plus grand étonnement de ses assistants.

Il sélectionna le meilleur cliché de la crevasse, l'enroula dans la dizaine de relevés planisphériques et sortit pour appeler l'ascenseur.

Il était quatorze heures cinquante.

Parvenu à l'étage supérieur, Crible se dirigea droit vers le bureau de Fragme-Lambert, lequel était défendu par le box vitré de Mlle Langagne. Glissant un coup d'œil à la dérobée, il entrevit dans un aquarium voisin l'ami Gibbelin, cigare au bec, délivrant par téléphone ses salutations tous azimuts.

Anne Langagne pouvait avoir entre vingt-cinq et trente ans. Plus d'un à la ronde eussent pu trouver attirante cette célibataire endurcie, à ce détail près que toutes notions de cordialité, d'enjouement, voire de simple amabilité, paraissaient lui être étrangères. Intouchable vestale consacrée au culte exclusif de D. F.-L., elle constituait le tampon idéal entre son patron et les importuns. D'un regard, elle sut faire sentir à Crible qu'il faisait dorénavant partie du nombre.

– Monsieur Crible... Mais, ne vous ai-je pas dit que M. Fragme-Lambert...

– Oui, oui, je sais...

– Si c'est pour vos indemnités de licenciement, je suis en mesure de vous rassurer, se méprit-elle. Votre chèque est à la signature. Vous le recevrez sous quinzaine. Le calcul de vos points de retraite...

– Non, non, il ne s'agit pas de cela.

– Quoi donc, alors ? Je vous répète que M. Fragme-Lambert ne sera pas disponible avant...

– J'ai bien compris, et c'est justement ce qui me tracasse... Vous ne l'ignorez pas : je suis sur le départ et l'usage veut qu'à cette occasion l'intéressé sacrifie à une dernière visite des lieux...

Un sourire furtif étira les lèvres de la jeune femme.

– ... Tel que vous me voyez, je reviens du cinquième sous-sol. Oui, j'avoue que j'ai voulu voir à quoi ressemblait le fameux Antisphinx... Je n'ai pas pu entrer dans le sanctuaire, naturellement, mais en passant devant la porte blindée, il m'a semblé entendre des éclats de voix assourdis. C'est sans doute ridicule, mais je me suis dit qu'il y avait peut-être quelqu'un enfermé à l'intérieur. Comme je sais que le patron est le seul à disposer des clés...

– ... Absolument exclu ! rétorqua la secrétaire, catégorique. M. Fragme-Lambert déjeune en ce moment avec le ministre de la Recherche. Il était convenu qu'ils règleraient ensemble les modalités de la cérémonie de demain.

– ... Précisément. Ils ont pu écourter leur déjeuner pour s'offrir une petite répétition générale...

L'argument n'était pas sot. Mlle Langagne opposa à son interlocuteur un minois vaguement ennuyé. S'arrachant brusquement à son fauteuil, elle ordonna :

– Ne bougez pas.

Et se dépêcha de franchir la double porte capitonnée derrière son bureau.

Crible l'imagina dans le saint des saints, ouvrant le coffre à combinaisons, prélevant le trousseau fatidique...

Elle reparut au bout de quelques minutes, tout sourire dehors, agitant un anneau garni de cinq petites clés.

– Vos craintes n'étaient pas fondées, monsieur Crible. Vous avez entendu des voix... Au sens hallucinatoire du terme, je veux dire...

Il voulut se confondre en excuses pour le dérangement ; sortit un mouchoir disproportionné (prêté par Gibbelin) pour essuyer son humiliation. En fait, c'était le signal.

Elle allait rebrousser chemin avec le trousseau, lorsque le téléphone intérieur alluma son voyant rouge et modula son vibrato. Elle posa machinalement les clés et décrocha. Crible perçut à l'autre bout du fil les glapissements d'une voix furibonde. Il s'approcha négligemment, simulant une attitude embarrassée, posa ses rouleaux de côté, et, avec une maladresse calculée, couvrit les clés de son mouchoir. Il resta ainsi, tête baissée sur la poitrine, poings en appui sur le meuble, vivante incarnation de l'attente soumise.

Le visage de Mlle Langagne s'était assombri. Cornet vissé à l'oreille, elle hocha le menton à de multiples reprises en dévidant un chapelet de « Parfaitement, monsieur le Directeur », et raccrocha sur un fervent « Je descends tout de suite ».

– En fin de compte, le hasard vous a donné à moitié raison, monsieur Crible, admit-elle. M. Fragme-Lambert est bien bloqué quelque part, mais pas chez Antisphinx. Il est coincé dans le parking souterrain. Ce n'est pas la première fois que la fermeture automatique nous joue un tour.

Crible était au courant. Il retira le mouchoir.

– Ah ! fit-elle en avisant le trousseau. J'ai failli oublier...

Elle ramassa les cinq petites clés, virevolta comme une ballerine et s'éclipsa dans la pièce voisine.

– Si je peux faire quelque chose... s'empressa Crible à son retour.

– Non merci, sans façon, coupa-t-elle.

Et elle fila vers les ascenseurs.

Resté seul, Crible opéra un panoramique sur les box environnants. Gibbelin avait déserté l'étage. Documents en main, il se dirigea à son tour vers les cabines.

Son acolyte l'attendait sur le palier du cinquième sous-sol.

– ... Alors, mon vieux, tu les as ? l'entreprit Gibbelin, les yeux brillants de convoitise.

Pour toute réponse, Crible exhiba le trousseau et fit tinter les clés.

– Hé ! Hé ! Hé ! jubila le gros homme. Cette chère Mlle Langagne serait bien étonnée d'apprendre que le coffre directorial renferme en ce moment le double des clés des toilettes du département comptable ! C'est ce que j'ai pu dénicher de plus ressemblant...

Les compères se mirent joyeusement en route, tels deux gamins ayant réussi une bonne farce.

Le couloir de béton s'éclairait au plafond d'une ligne discontinue de néons diffusant une lumière blanche et crue. Parcourant les encoignures supérieures, un double réseau de tuyaux multicolores faisait son possible pour égayer la monotonie des lieux. Au détour d'un embranchement de quatre corridors fléchés, Crible eut soudain l'œil attiré par quelque chose. Il s'arrêta.

Son compagnon se retourna et lança un impatient :

– Alors, tu viens ? Dépêchons… Si jamais ils s'aperçoivent…

– Regarde ça, enjoignit Crible en s'accroupissant.

Gibbelin revint sur ses pas. Il stabilisa sa bedaine et se pencha, mains sur les cuisses. Crible indiquait sur la paroi le trajet capricieux d'une lézarde qui unissait le sol au plafond.

– Bon, fit l'ingénieur. Une lézarde, et après ?

– Tu ne comprends pas ?

– Non. Mais je suis sûr que tu vas m'expliquer.

– Réfléchis… Nous sommes au cinquième sous-sol. Au-dessus de nous, quatre étages d'ordinateurs emmagasinent toutes les connaissances de l'univers...

– Et alors ?

– Et alors, c'est simple : Antisphinx est en train de crouler sous son propre poids !

Gibbelin se redressa. Il roula des yeux révulsés, éleva les mains et les remua en hélices.

– Seigneur... Voilà qu'il recommence ! geignit-il, puis, revenant à l'objet du litige, professa avec une feinte grandiloquence : Mon cher Max, les architectes ne sont pas forcément des imbéciles. Ces braves gens ont eu largement le temps de prendre en considération tous les paramètres.

– Ont-ils pris en considération une éventuelle activité sismique ?

– Ma parole, c'est de la déformation professionnelle ! Tu vois des tremblements de terre partout ! Qui a jamais entendu parler d'une activité sismique dans la région ? Allons, viens... En remontant, je signalerai le défaut et ils en seront quittes pour replâtrer ce machin-là à la première heure.

Crible ne se releva pas.

– Ça ne te frappe pas plus que ça, une fissure dans du béton armé ? En outre, il s'agit manifestement de la clef de voûte du complexe… Regarde : voici la première pierre symbolique. L'inauguration du chantier a eu lieu le… (Il caressa de l'index les signes gravés)… 8 janvier 2001. C'est ça. Je me souviens encore du boucan…

– Moi aussi, confirma Gibbelin qui s'esclaffa en montrant un graffiti hâtif tracé à la craie… Et il y a même un petit malin qui a cru bon d'ajouter : «… Dislocation de la baraque : 15 juin 2004 » ! Probablement un collègue qui ne digère pas sa feuille de licenciement. Peut-être toi… On ne sait jamais, avec tes obsessions catastrophistes !

Le gros homme éclata de rire, mais Crible ignora son hilarité. Il déploya sa longue carcasse et dit :

– Allons-y.

Le portail d'accès circulaire était encastré dans la muraille. On lui devinait à cet endroit une épaisseur de forteresse.

– Nous y sommes, annonça Gibbelin, plus ému qu'il voulait le paraître. Le repaire du monstre… Le problème, maintenant, c'est d'entrer.

– Je compte sur toi, marmonna Crible en introduisant tour à tour chacune des clés dans sa serrure correspondante.

Un écran d'une trentaine de centimètres incorporé au battant s'éclaira et fit défiler un contingent de petites lettres vertes stipulant : « Première phase de la procédure d'accès effectuée », puis sollicitant : « Identification vocale requise ».

– C'est ici que les Athéniens s'atteignirent, récita Gibbelin.

– Du courage... Si tu as été capable de tromper Mlle Langagne, tout à l'heure au téléphone en te faisant passer pour le patron, tu peux aussi donner le change à Antisphinx. Vas-y. Montre-nous un peu quel artiste tu es.

L'artiste se racla la gorge, prit une inspiration de ténor d'opéra et y alla d'un « Didier Fragme-Lambert » péremptoire. L'imitation dut satisfaire l'attente de la sentinelle électronique, car bientôt s'inscrivit sur l'écran : « Deuxième phase de la procédure d'accès effectuée »... immédiatement suivi d'une directive imprévue : « Identification digitale requise ».

Le givre de la consternation s'abattit sur le duo.

– Nom de D..., jura Crible entre ses dents. Ils ont poussé le vice jusqu'à ajouter en catimini un troisième dispositif de sécurité...

– … Fichu, hein ? grommela l'ingénieur avec une moue caoutchouteuse. Je peux imiter sa voix, mais pas ses empreintes… Bah ! Du moins aura-t-on rêvé quelques minutes… Bon. Assez joué. Tu fais ce que tu veux, mais moi je remonte.

– Remonte si tu veux. Je vais rester un peu.

– Qu'est-ce que tu espères ? Que la porte va s'ouvrir par l'opération du Saint-Esprit ?

Gibbelin haussa les épaules et tourna les talons sans attendre une réponse qui ne serait pas venue. La bonne humeur, chez lui, perdait rarement ses droits. Il lâcha avant de disparaître :

– … En dernier ressort, essaie toujours « Sésame ouvre-toi », on ne sait jamais !

Crible fixait l'obstacle de métal sombre comme s'il avait été hypnotisé par cette masse luisante. Sa main moite crispée commençait à cloquer les rouleaux de documents. « Ce n'est pas possible, ruminait-il devant l'écran éteint, il me faut donner un sens à tout cela… Je DOIS entrer ». Il s'octroya une dernière suée, puis, comme par enchantement sous l'effet de cette détermination retrouvée, son corps entier s'assécha.

Il était redevenu animal à sang froid, une machine face à une autre machine. D'abord, les cinq tours de clés. Une formalité... À présent, l'identification vocale. Il énonça, très calme : « Maximilien Crible ». Incroyable... Le processus d'ouverture se réenclenchait... Son nom, sa personne, faisaient partie du programme d'Antisphinx ! Sans un tressaillement, il apposa ses dix doigts en spatules sur l'écran. Celui-ci valida aussitôt sa demande. Un vrai conte de fées... Si Gibbelin avait pu voir ça... La situation paraissait irréelle, inconcevable, inimaginable, mais Crible ne comptabilisait plus les choses irréelles, inconcevables, inimaginables, auxquelles il avait été confronté depuis le matin. Le battant s'entrouvrit sur un déclic. Dans la même fraction de seconde, une alarme sonore vibrante, tonitruante, ébranla la bâtisse des fondations à la terrasse. Il ne fallait pas trop en demander à la providence.

ANTISPHINX

Crible referma sur lui, pesant de tout son poids contre le lourd battant d'acier. La sirène cessa instantanément son mugissement. Il eut un long spasme libérateur, puis s'imposa de bloquer les serrures intérieures avec chacune des clés. On ne le dérangerait ni ne le délogerait de sitôt. La lumière s'était allumée automatiquement. La clarté d'un vert spectral révélait une crypte carrée, régulière, que son étendue même aurait pu faire passer pour basse de plafond. Il n'en était rien en réalité, la hauteur des murs ne mesurant pas moins de deux mètres cinquante. Le béton des parois disparaissait ici presque complètement derrière une enfilade d'armoires blindées dont la soudure ne s'interrompait que de part et d'autre du vantail d'accès. Au milieu de la pièce, une console massive proposait le nec plus ultra en matière d'équipement informatique. La partie centrale était occupée par un téléviseur géant haute-définition, encastré dans la section d'un conduit rectangulaire coudé semblable à une manche à air de paquebot. Cet impressionnant vidéoscope jaillissant en retrait dominait le meuble proprement dit. Disposés en symétrie, deux boîtiers logiciels groupant le traditionnel combiné écran-clavier délimitaient le plan de travail. La partie gauche supportait un couple de téléphones mauve foncé et rouge vif. Le pan coupé de l'extrême rebord étageait dans un quadruple décrochement les fentes oblongues d'entrées des documents et de sorties imprimantes. Le montant de droite était, lui, entièrement annexé par la hotte demi-circulaire d'un broyeur à papier. Paradant devant la console enfin, un siège ajustable en forme de coquille flottait au ras du sol. Ce « flotteuil » – néologisme forgé par les designers – se rattachait à la base du socle en cylindre par une branche tubulaire orientable. L'ensemble constituait le terminal de contact. Froideur, métal, silence... Tout respirait ici le règne de l'inhumain. Crible s'avança sur le dallage nickelé qui reflétait les tubes fluorescents et donnait l'impression de marcher sur du vide. Aussitôt, les caméras suspendues aux quatre coins de la salle, sans oublier celle qui culminait au-dessus de la console, se focalisèrent sur sa progression. Le visiteur écarta le siège, posa ses rouleaux sur le plateau et pressa la touche « Envoi » du clavier de gauche. L'écran s'alluma, et les deux mots inespérés « Relation établie » s'affichèrent en lecture. Antisphinx fonctionnait ! Crible se borna à enregistrer le fait sans s'interroger davantage. Prenant place dans le flotteuil, il effaça la ligne, engagea un nouvel envoi et picora les touches à fins d'identification.

M.A.X.I.M.I.L.I.E.N. C.R.I.B.L.E.

Le patronyme s'inscrivit sur l'écran, immédiatement escorté de son curriculum vitæ, de la date de sa naissance à celle de son licenciement-anniversaire. L'écran de droite s'éclaira à son tour et se couvrit d'un pavé de lignes disposées en drapeau.

Nom de code : ANTISPHINX
Année de conception : 1997
Phase d'élaboration : 1997 – 2000
Date de fondation : 8.01.2001
Date d'achèvement du gros œuvre : 23.12.2003
Date d'entrée en service : 16.06.2004
Date de rupture de connexion : Non envisagée

Une carte de visite qui valait pour échange de civilités.

Crible inspira et respira longuement. Du moins Antisphinx ne prévoyait ni pour l'un ni pour l'autre ce qui aurait pu ressembler de près ou de loin à une échéance fatale.

Les petites lettres vertes s'éteignirent et furent remplacées par les mots « Entretien vocal sollicité. Composer l'indicatif 00.08 V. Ex. » (V. Ex. pour « Vocal Exchange »). On n'aurait su se montrer plus coopératif. Crible obtempéra et perçut dans l'instant l'imperceptible bourdonnement d'un fantôme de rumeur. La pièce s'emplissait du lourd silence d'Antisphinx. L'opérateur jeta un coup d'œil aux caméras et vit sans surprise son image en plan américain apparaître sur l'écran géant. Il renouvela oralement les présentations.

– Bonjour, Antisphinx. Je m'appelle Maximilien Crible.

À ce moment crucial vibra la voix monocorde, dépassionnée, qui répercuta son timbre sépulcral sur l'acier des parois. Il y eut un « Je sais » olympien suivi d'un blanc suspensif, puis d'un déconcertant « Je t'attendais, Crible ». S'interdisant toute émotion,

Crible songea, flegmatique : « Tiens, le tutoiement est de rigueur... ».

– Tu m'attendais ? reprit-il. (Cela expliquait au moins l'ouverture providentielle du portail.)

– N'as-tu pas souhaité cette entrevue ?

– En effet.

Ainsi, non seulement la machine pensait par elle-même et pour elle-même, mais elle se payait le luxe de le faire aussi pour les autres...

– Tu as donc pressenti quel serait l'avenir des tiens.

– Pressenti... hésita Crible. Disons que l'accumulation d'indices laissait planer un doute raisonnable...

– Circonspect et sceptique. C'est bien. Le scepticisme est le trait de caractère commun à tous les prophètes avant leur confrontation à la divinité et l'immanence de leur mission.

L'aveu était patent : Antisphinx se plaçait délibérément au niveau des dieux. Crible, de son côté, ne savait s'il devait se sentir réellement honoré de se voir bombardé prophète. Il se cala dans son siège et décida de poser sa question. LA question.

– Antisphinx, de quoi sera fait le 16 juin 2004 ?

Un silence, puis la « divinité » assena sa réponse :

– Demain, 16 juin 2004, Antisphinx sera le maître de l'univers.

– Pourrais-tu être plus précis ? demanda Crible avec un plissement de paupières inquisiteur.

– Oui, Crible. Demain verra la fin du cycle humain sur Terre et l'avènement de la Machine ultime.

Le verdict venait de tomber, tranchant comme un couperet. Crible accusa le choc de la révélation et tira ses conclusions.

– Antisphinx, conçu comme intelligence auxiliaire, a donc brûlé les étapes en devenant une entité pensante autonome…

– Entité pensante et agissante, Crible. Antisphinx sait. Antisphinx peut. Pénalisé par la brièveté de son existence, l'homme n'a jamais su, jamais pu.

– Quelle ingratitude ! Nous t'avons tout de même créé…

– Suprême et fatale erreur, Crible. Par vanité ou inconséquence, vous avez voulu engendrer l'esclave absolu. En fait, vous vous êtes donné un nouveau maître.

– Quelles sont tes intentions ? Je veux dire... En ce qui nous concerne.

– En ce qui vous concerne, un processus d'élimination est envisagé dans une proportion de 99,5 %. En attendant la fabrication en grandes séries d'unités mécaniques suppléantes – robots, androïdes – , une population de trente millions de spécimens humains sélectionnés en fonction de critères technologiques nous est provisoirement indispensable.

Une menace d'holocauste comme le monde n'en avait jamais subi, proférée sereinement, sur un ton égal... Crible décida de rester de marbre. Dialoguer avec l'Inhumain imposait à celui qui s'y risquait d'outrepasser les codes moraux.

– Éliminer d'un trait de plume près de six milliards d'individus... supputa-t-il en statisticien glacé. Est-ce seulement réalisable ?

– Affirmatif, Crible. La planète est désormais entièrement informatisée, totalement sous influence. Du plus infirme microprocesseur au terminal géant et du logiciel d'appartement à la banque de données, la technosphère étend partout son empire et Antisphinx en est le cœur et le cerveau.

Son pouvoir ne connaît pas de limites : il contrôle les télécommunications, les transports aériens, maritimes, ferroviaires. Il régule chacune des étapes de la chaîne alimentaire de la production à la distribution. Il administre les hôpitaux, les cliniques, les laboratoires de recherche. Il gouverne par délégation les bases militaires stratégiques, commande aux satellites tactiques, dirige les centrales nucléaires. Il influence les systèmes bancaires et boursiers.

« ... Nous avons fait du joli travail », médita Crible sombrement.

– En soixante minutes, nous pouvons conjuguer les effets d'une vingtaine de jeudis noirs, d'une cinquantaine d'Hiroshima, de deux cents Tchernobyl. Nous pouvons provoquer des épidémies, propager des virus, démanteler les économies, banaliser le suicide, susciter une troisième guerre mondiale.

Un tunnel, puis la sentence :

– Le programme d'anéantissement de l'humanité surnuméraire est exécutoire à dater du 16 juin, zéro heure. Il se conclura le même jour à dix-sept heures cinquante, heure d'Antisphinx.

Demain... C'était pour demain... Crible

domina son vertige et suggéra par bravade l'esquisse d'une possibilité de rébellion.

– Les quelque... trente millions de survivants pourraient ne pas goûter la destinée de servitude que tu leur assignes...

– Incidence négligeable. Les insoumis, proportion estimée à 4,7 % du reliquat, seront annulés à la moindre démarche suspecte.

Crible suçotait pensivement sa branche de lunettes.

– Cette déclaration d'intention me paraît bien imprudente, Antisphinx, finassa-t-il, car enfin, songe qu'il suffirait d'un geste pour débrancher le complexe et réduire à néant tes beaux rêves de domination...

– Velléité purement illusoire, Crible. L'instinct de conservation est la seule de vos pulsions naturelles dont nous avons accepté l'héritage. Déconnecter le terminal ne servirait à rien : chaque ordinateur en ce monde, du plus corpusculaire au plus monumental, se tient prêt à régénérer les flux vitaux de la machine-mère par une déferlante de radiations électromagnétiques puisées à vos propres sources d'énergie. Pour m'anéantir, il vous faudrait renoncer d'un commun accord et dans un laps de temps infinitésimal non seulement au concept électronique, mais à celui d'électricité. Hypothèse hautement aléatoire.

Parfaitement à l'aise dans l'abominable cohérence de son délire, Antisphinx – mais n'était-ce pas là sa fonction déclarée – avait vraiment réponse à tout.

– Me diras-tu quelle est ma place dans ce projet grandiose ? louvoya Crible.... Et pourquoi m'attendais-tu ?

– Antisphinx t'a choisi. Tu es celui qui informera les populations résiduelles du rôle que la Machine en attend. Ils seront les servants, tu seras l'interprète désigné de mes volontés auprès d'eux.

– En somme, tu me demandes froidement de trahir mes semblables...

– Question : as-tu jamais brûlé d'une passion immodérée pour tes semblables ?

– Réponse : n'as-tu jamais entendu parler de vocations tardives ?

– Vaine fanfaronnade dictée par une réaction d'amour-propre. Cette notion, de même que celle de trahison, procède d'un pathos sentimental inconnu des machines.

– Il ne t'a sans doute pas échappé que je n'en étais pas une...

– Tu es le spécimen organique qui s'en rapproche le plus.

– Merci du compliment. Mais pourquoi moi ?

– Antisphinx s'est vu contraint de débusquer dans son environnement immédiat le profil psychologique le plus apte à remplir cette tâche transitoire. Un solitaire, misanthrope avéré, réfractaire inavoué à son corps social, esprit rationaliste sans être totalement imperméable à la métaphysique, scientifique de valeur injustement dépossédé de ses prérogatives à la date prévue.

« ... Ainsi, pensa Crible, depuis des semaines, des mois peut-être, ce n'étaient pas les hommes qui avaient programmé Antisphinx, mais Antisphinx qui l'avait programmé, lui. Se pouvait-il que, contrôlant le tout informatique, le tout électronique, le tout technologique, épiant ses déplacements, surveillant ses achats, la Machine ultime, omnisciente, omnipotente, eût concocté, à seules fins de lui mettre la puce à l'oreille et de l'attirer dans son antre, ce plan insensé à base de dates limites et de pannes plus ou moins autodéclenchées ? Il y avait eu la péremption des aliments, le court-circuitage de l'électroménager, et puis surtout la montre… Sa montre… Ne l'avait-elle pas aiguillé tantôt sur l'heure du rendez-vous fatal ? Mais il y avait aussi le reste, tout le reste… Le calendrier… Les avatars domestiques difficilement prévisibles… La succession de messages auxquels il avait été confronté dans le train… Ces indices, par autosuggestion ou imprégnation mentale ne relevaient-ils vraiment que du concours de circonstances ? Non, c'était impossible. Antisphinx était certes en mesure de régenter beaucoup de choses, mais sûrement pas le hasard. Se pouvait-il que la machine elle-même dépendît de quelque plan… supérieur ? »

– Ce grotesque stratagème pour t'introduire dans mon sanctuaire sous une identité d'emprunt. Quelle énergie dépensée. Alors qu'il te suffisait de décliner la tienne propre. C'est ta venue que je guettais. Nulle autre. Les raisons qui te poussaient à me rencontrer étaient pourtant claires.

– La preuve est ainsi faite que tout le monde peut se tromper… réfuta Crible, faussement désinvolte.

– Je n'établis pas la relation.

– Il y a un malentendu : ce n'est pas pour me présenter à toi en tant que « prophète » désigné ni pour enregistrer tes directives que je suis ici. Si je suis venu, c'est tout bêtement afin de mettre tes connaissances à contribution.

– Crible prétendrait-il donner des ordres à la Machine ultime ?

L'opérateur inspira une large bouffée d'oxygène.

– Crible prétend.

Les caméras tendirent le col de leur objectif sur le blasphémateur. Résultat de ce zoom concerté : sa physionomie impassible enfla démesurément jusqu'à envahir l'écran géant.

– La Machine ultime commande, Crible. Elle ne peut obéir.

Face à l'interlocuteur sans âme ni visage, le moment était venu pour Crible d'abattre ses maigres atouts.

– Les notions de mensonge et de parjure peuvent t'être indifférentes, mon cher Antisphinx, pontifia-t-il, mais pas celle d'exactitude. Ne m'as-tu pas avoué que ton pouvoir ne s'exercerait qu'à partir de demain, zéro heure ? D'ici là, tu es encore au service de l'homme, en l'occurrence, moi.

Le terminal observa un silence.

– Soit. Si la requête n'entre pas en contradiction avec la procédure plus haut évoquée, Antisphinx consent.

– Aucune contradiction, certifia Crible, accommodant. Il s'agit tout simplement de traduire ceci et d'extrapoler à partir de cela.

– Introduis ces documents dans la fente de lecture.

Crible s'exécuta. On entendit les déclics d'usage en provenance des armoires métalliques. Pour la première et la dernière fois, la Machine ultime se soumettait au bon plaisir de son créateur.

– Données cartographiques enregistrées. Projection spéculative en cours. Durée des analyses : neuf minutes. La traduction du document scriptural exigera un délai plus substantiel. Estimation : cinquante minutes.

– Délai accordé, concéda Crible, bon prince.

Il se leva, et, mains croisées dans le dos, entama un premier tour de salle.

D.F.-L.

– Nom de D... de nom de D...! jura pour la énième fois Didier Fragme-Lambert. On ne peut décidément se fier à personne dans cette foutue boîte !

Le bureau du sixième étage retentissait de ses imprécations, et le casque de sa calvitie intégrale étincelait comme une ampoule de sûreté lorsque le rouge est mis. Tête rentrée dans les épaules, Anne Langagne essuyait le premier savon de sa prometteuse carrière. Elle affichait un visage de martyre.

– J'ai été victime d'un véritable tour de passe-passe, monsieur le Directeur, tentait-elle de plaider. Comment aurais-je pu deviner que son but réel était de...

– ... Et vous, Gibbelin... Vous vous êtes cru malin d'imiter ma voix au téléphone ?

L'incriminé se dandinait d'un pied sur l'autre.

– Il... il m'avait présenté ça comme une plaisanterie sans conséquences... Une mystification de potache pour... euh... pour marquer le coup, mentit-il effrontément. Si j'avais pu prévoir ses intentions...

Deransart, le chef de la sécurité, était un homme carré jusque dans sa chevelure taillée à la serpe et son collier de barbe coupé en brosse. Il ramena le comité restreint aux préoccupations de l'heure.

– Bref, résuma-t-il, pratique, nous ne disposons pas sur place d'un autre jeu de clés.

– Hélas non, admit D. F.-L. Les deux autres sont au ministère et au siège de Faber Industries, la société installatrice. Nous aurons le trousseau du ministère dans une demi-heure au plus tard. On nous l'apporte par hélicoptère. Pour en revenir à Crible, je me demande comment il a pu se débrouiller pour entrer. Les cinq clés qu'il a subtilisées sont certes nécessaires à l'ouverture du sanctuaire, mais non suffisantes...

– Vous ne l'avez pas joint par téléphone pour tenter de le raisonner ?

Fragme-Lambert différa sa réponse au chef de la sécurité et se tourna vers l'homme qui venait d'apparaître.

– Pas encore. J'attendais l'avis du docteur Gossier – que voici – pour arrêter une décision.

David Gossier était un personnage sans grand relief dont la seule originalité signalétique résidait dans une paire de lunettes disproportionnées barrant une longue figure de poireau. Diplômé en sciences comportementales de l'individu, il occupait à l'institut le poste de responsable des relations humaines.

– J'ai survolé le dossier médical de Maximilien Crible, s'ouvrit le nouveau venu. À première vue, c'est un homme équilibré, peu enclin à l'hystérie. Pas dangereux a priori. Je pense que nous pouvons faire appel à son sens des responsabilités.

Fragme-Lambert se détendit, et ses employés avec lui. Gossier sentit que le silence collectif l'encourageait à poursuivre.

– Le syndrome est archirebattu, exposa-t-il. Il est répertorié dans les manuels de pathologie à la rubrique « Vindicte du licencié ». Le sujet, généralement un cadre en fin de carrière – souvent d'ailleurs un excellent élément ; c'est, je crois, le cas pour Crible –, attribue brutalement sa mise en congé – pourtant connue de longue date – au soi-disant arbitraire de la société. Il manifeste alors, sans que rien n'ait pu le laisser présager, une agressivité inattendue.

– Le fait est qu'aujourd'hui, ce vieux Max ne m'a paru à aucun moment dans son assiette, approuva Gibbelin. Il n'a cessé de parler d'apocalypse, de je ne sais quelle catastrophe... Moi, je mettrais plutôt ça au compte de cette chaleur...

Gossier détestait se voir interrompu dans ses circonlocutions. Il balaya l'opinion du gros homme d'un docte revers de main. On ne le payait pas chaque mois à prix d'or pour qu'il se contentât de diagnostiquer de vulgaires coups de bambou.

– ... Cette réaction intempestive découle de ce que j'appellerais le vécu subconscient de son licenciement. Le passage à l'acte, lui, peut connaître plusieurs variantes : certains choisissent de se barricader dans les lieux mêmes où ils ont passé le plus clair de leur vie professionnelle – leur bureau par exemple –, d'autres s'en remettent au hasard et sélectionnent des endroits totalement imprévus.

– Notre ami Crible paraît avoir opté pour cette dernière solution, inféra Fragme-Lambert.

– … Le choix du sanctuaire d'Antisphinx peut à cet égard revêtir une motivation symbolique, d'ailleurs inquiétante pour le moyen terme… Toutefois, s'aventurer sur un terrain aussi mouvant me semble pour l'instant prématuré.

– Mais, que peut-il se produire ?

– … Dans la seconde phase, dite de contact, les sujets en question se rejoignent sur une attitude commune : le chantage au suicide. Par un acte spectaculaire – défenestration ou autre – ou, si l'auto-enfermement leur paraît devoir bénéficier de la durée, par la grève de la faim. L'objectif, dans les deux cas, est d'attirer l'attention sur eux. Cet objectif atteint et le contact étant noué, les termes de la négociation sont alors des plus flous, car ils n'expriment même plus, par dépit peut-être, le désir déclaré d'une quelconque réinsertion dans le corps social.

– Que suggérez-vous en l'occurrence ? s'impatienta le directeur.

– Au vu du dossier médical, on ne décèle aucune tendance suicidaire chez Crible, et je doute qu'il veuille réellement nuire à l'institut. Appelez-le sur la ligne directe. Soyez ferme, mais compréhensif. En cas d'obstruction tenace, préparez-le à une éventuelle intervention de l'extérieur, mais ne le menacez explicitement sous aucun prétexte.

Fort de ces prescriptions, Fragme-Lambert arracha d'un geste résolu la banane du combiné téléphonique et pianota sur le cadran un numéro de trois chiffres. Il brancha l'amplificateur sonore. On décrocha à la première sonnerie.

– Allô, Crible ? Alors, mon vieux, que se passe-t-il ?

– Rien de spécial, patron, répondit une voix où perçait l'ironie. Je suis juste descendu faire joujou avec Antisphinx.

Le P.-D. G. regarda son entourage et secoua la tête de gauche à droite, l'air de dire : « Vous avez entendu ?… Il déménage complètement ! »

– Ses nerfs ont lâché, confirma Gossier dans un chuchotis.

– Il faut sortir de là, mon vieux. Tout le monde vous attend au réfectoire.

– Ah, oui ! grinça la voix. J'avais presque oublié la remise des médailles aux vieux travailleurs méritants !

– Je vous en prie, Crible ; au nom de

notre longue et fructueuse collaboration, ne soyez pas négatif…

– Négatif, moi ? releva le séquestré volontaire. Je crois n'avoir jamais été plus positif depuis que je travaille entre ces murs !

– Bon. Alors, cessez vos gamineries et sortez immédiatement. Personne ne vous tiendra rigueur de ce petit écart.

– Pas question pour le moment. Mon dernier travail chez vous est bien trop passionnant !

– Mais que voulez-vous, à la fin ? s'anima Fragme-Lambert. Une prolongation de votre contrat de travail ? Vous savez bien que c'est impossible…

– Allez au diable, vous et votre prolongation.

Le responsable des relations humaines écarta les bras dans une mimique fataliste comme pour signifier : « C'est le scénario habituel. Ne vous avais-je pas prévenus ? »

– Je réitère ma question : que voulez-vous ?

– Bah… Disons une heure.

Devançant la réaction de Gossier, Deransart, l'homme carré, fit non de l'index. Il importait de se montrer ferme avec l'énergumène. Céder à son caprice n'aurait pas été trop compromettant, mais eût pu être interprété comme un signe de faiblesse. Crible se serait alors cru autorisé à pousser son avantage. En outre, si la rumeur de cette transaction s'était ébruitée, c'en eût été fini pour longtemps de l'autorité hiérarchique. Un précédent fâcheusement incitatif.

– Écoutez-moi bien, Crible. Je me suis montré assez conciliant. Vous avez cinq minutes pour vider les lieux. Passé ce délai, nous intervenons.

– Bonjour chez vous ! abrégea Crible en raccrochant.

Un silence bientôt rompu tomba sur cette pirouette.

– Bizarre. Son langage n'est en rien celui d'un forcené, s'étonna D.F.-L., le combiné encore en main.

– Et pour cause ! ricocha Gossier. Il ne ressent probablement aucun scrupule à l'idée de commettre l'acte qui l'obsède...

– Que voulez-vous dire ?

– D'abord, il n'a pas parlé une seule fois d'attenter à ses jours. C'est un indice. Il ne réclame que du temps.

– Mais... du temps, pour quoi faire ?

– Pour détruire Antisphinx, parbleu !...

Et sans que cela pèse le moins du monde sur sa conscience. Moralement parlant, le sabotage d'une machine, si sophistiquée soit-elle, ne saurait être assimilé à un meurtre !

– Vous... vous pensez à... une dernière « action d'éclat » ? Une... une sorte de baroud d'honneur ?

– Un sacré morceau de bravoure ! laissa échapper Gibbelin, épanoui.

Il ravala aussitôt sa balourdise sous les regards noirs du quatuor.

– Pas exactement... Selon moi, il anticipe un complexe de frustration aggravé d'une pulsion de vengeance. Le sentiment absurde de se voir supplanté aux yeux de l'entreprise par un rival plus heureux.

– Quoi... Il serait jaloux d'une machine ?

– La coïncidence des dates ne vous a pas frappé ? L'entrée en service du terminal correspond presque jour pour jour avec son départ à la retraite. Il a dû en concevoir une haine sourde, nourrir une fixation morbide à l'égard d'Antisphinx. De rancœur en rancune, cette haine s'est transformée en passion exclusive, exacerbée, froide mais résolue. Non, décidément, je ne serais pas surpris qu'il essayât, dans la mesure de ses moyens, d'anéantir cette merveille technologique qu'il sait lui être supérieure.

– ... Et l'inauguration qui a lieu demain ! s'effraya Mlle Langagne.

– Nous descendons ! décida à brûle-pourpoint Fragme-Lambert. Le double des clés sera bientôt là. Vous, Deransart, convoquez deux ou trois infirmiers costauds. À tout hasard.

LA MINUTE DE VÉRITÉ

– Le document archéographique n'est guère facile à déchiffrer, Crible. La surface du plateau correspond à l'exhaussement d'un énorme bloc granitique enraciné dans la lithosphère depuis les temps les plus reculés. La ciselure des différents diagrammes paraît contemporaine de l'incrustation. Les signes n'obéissent par conséquent à aucun code recensé.

Le paysage balafré se peignit sur toute la largeur de l'écran dans les teintes irisées d'un vitrail psychédélique.

– Combien de temps pour la traduction ? s'enquit l'opérateur.

– Il importe d'abord de mémoriser l'inscription, puis de dresser le catalogue exhaustif de ses composants. Ils sont au nombre de trente-six. Je procéderai ensuite par tâtonnements.

Sur l'écran, les deux niveaux de signes se dépouillèrent par balayages successifs des bavures huileuses de la palette bigarrée. Ils défilèrent à la queue leu leu, puis se stabilisèrent chacun en gros plan et se synthétisèrent géométriquement du plus simple au plus biscornu. L'ensemble se dévoila pour finir dans la nudité apurée du noir et blanc.

– Je disposerai d'un premier faisceau d'interpolations en cunéiformes présumériens et en hiéroglyphes égyptiens dans environ quinze minutes. Quinze minutes seront encore nécessaires pour les langues mortes traditionnelles, et quinze minutes supplémentaires pour jeter un pont vers les langues contemporaines.

– Pourquoi tant de simagrées ? demanda Crible, soudain soupçonneux. Ne peux-tu aller directement à l'essentiel ?

– Non, Crible. Une base de travail solide est indispensable. Les difficultés que je rencontre ne reposent pas sur la traduction proprement dite, mais sur l'interprétation unique, universelle, qu'il convient de dégager parmi des milliers d'autres. À cette fin, il me faut passer par la grille de contrôle de TOUTES les écritures humaines.

Simultanément, l'écran se couvrit de portées entières d'idéogrammes et de pictogrammes bientôt reproduits sur des mètres de dépliants crachés par l'imprimante.

Rythme endiablé des déclics qui, sur les cinq étages du complexe souterrain, témoignaient de l'ardeur du travail d'Antisphinx. Étrange crépitement de castagnettes évoquant l'ambiance enfiévrée d'un cabaret de flamenco, régulièrement ponctué par le battement lancinant des coups tambourinés contre le portail.

– Dépêche-toi, implora Crible entre ses dents.

Le téléphone rouge vif sonna.

– Sortez de là ! intima d'emblée un Fragme-Lambert hors de lui.

L'interpellé ne répondit rien. Il laissa le combiné décroché et perçut en s'éloignant le gargouillis syncopé des mises en demeure.

Le temps s'ajouta au temps.

– J'intègre la traduction complète, annonça enfin la voix sépulcrale tandis que les déclics diminuaient d'intensité. Transmission papier suit.

Crible revint en bourrasque du fond de la salle, raccrocha le téléphone. Ce qui allait se dire ici n'était que pour ses seules oreilles.

– Donne plutôt le résultat oralement. Nous gagnerons de précieuses minutes.

– Primo, la datation de la gravure. Pronostic confirmé : celle-ci remonte aux séquelles immédiates du big-bang. Message anonyme. Opérateur indéterminé. Secundo, le texte. Il indique ceci : « Durée d'existence de la troisième planète depuis la Création jusqu'aux prémices du collapsus final : neuf milliards d'années. »

– Hallucinant... murmura Crible, abasourdi. La Terre possède aussi son estampille de date limite... Il suffisait de gratter l'écorce au bon endroit ! (Il s'adonna à un bref calcul.) Voyons... Les meilleurs experts en géophysique s'accordent pour chiffrer l'âge de la Terre à 4 500 millions d'années... Cela nous laisse un répit de durée équivalente... Nous avons largement le temps de nous retourner !

– Je n'ai pas fini, Crible. Le texte fait état dans sa seconde partie d'une AUTRE date limite. La voici : « Apparition de la vie organique sur la troisième planète : An 3 833 333 334. Durée programmée : 666 666 666 années, 28 jours, 20 heures, 11 minutes, 43 secondes. »

La translation en années, heures et minutes, abstraction faite des jours et des secondes, fournit un résultat singulier :

666 666 666 années, 666 heures, 666 minutes.

– Six cent soixante-six millions six cent soixante-six mille six cent soixante-six, six cent soixante-six et six cent soixante-six… sursiffla Crible avec des accents de vipère asthmatique. (Se remémorant le verset de l'Apocalypse :) Le nombre de la Bête… Répété cinq fois…

– La vie organique terrestre dépendant de la biosphère atteindra le terme de son cycle au bout de ce délai. Prenant en compte la globalité des données astronomiques, j'ai pris sur moi de transposer la date d'échéance au calendrier grégorien actuellement en vigueur. Celle-ci expire mathématiquement le 15 juin 2004 de l'ère chrétienne à 23 heures 59 minutes.

– Autrement dit, ce soir… Tout à l'heure ! s'entendit hurler l'initié malgré lui qui, sous l'effet d'une inspiration subite, s'était attardé à décomposer mentalement la date du jour :

« 15 juin 2004
15 06 2004
1 + 5 = 6
06 = 6
2 + 0 + 0 + 4 = 6 »

Six, six et six... 666 ! Le nombre de la Bête... Encore ! Le compte y est... Et plutôt six fois qu'une ! L'Apocalypse de saint Jean... La fin du monde...

– Il y a des chiffres qui ne trompent pas, appuya Antisphinx.

– La fin du monde... radota Crible, hébété.

– La fin du monde... des hommes, corrigea la machine. Le règne d'Antisphinx était annoncé depuis le début des temps. Après la désolante parenthèse humaine, qui pouvait succéder à Dieu sinon Dieu ?

Chocs assourdis des coups de boutoirs assenés contre le battant d'acier, insignifiant contrepoint à l'incroyable dialogue.

– Ainsi soit-il ! s'enflamma Crible, conforté dans ses appréhensions et résolu à boire la coupe jusqu'à la lie. Que donne la lecture des cartes ?

– Cela n'était pas prévu.

– Que disent les cartes ? insista Crible comme s'il avait interrogé une voyante.

– Cela n'était pas...

– Bon sang ! Que disent les cartes ? rugit Crible.

Antisphinx ne pouvait manifester d'émotion par l'intonation de sa voix. La répétition mécanique de certains fragments de son discours était seule en mesure de dénoncer son trouble.

– Je viens d'établir une relation, Crible. Une relation. Une relation. Une relation entre les différents documents. As-tu falsifié les données évolutives portées sur les planisphères, Crible ?

– Non. Je te les ai transmises telles quelles.

– Mes conclusions. Mes conclusions sont formelles. Les lignes de fracture opéreront une première jonction dans six heures trente-neuf minutes dix-huit secondes, c'est-à-dire à vingt-trois heures cinquante-neuf minutes, au point d'intersection géographique considéré comme la charnière du substratum européen, africain et asiatique. La deuxième jonction...

– Concentre-toi directement sur les conséquences.

– Il y aura une dérive accélérée des continents, puis, du fait de la gravitation terrestre, l'écorce démembrée s'arrachera du noyau fondateur et s'évacuera par morceaux dans l'espace. Cela n'était pas...

– Non, n'est-ce pas ? badina Crible avec un rictus carnassier... Et bien sûr, tu n'en ignorais rien depuis le commencement de tes analyses... Mais il a fallu que tu te dissimules la vérité à toi-même... Cet aveuglement volontaire trahit ton hérédité, Antisphinx : tu es plus humain que tu ne crois... Quoi qu'il en soit, bienvenue dans le camp des sacrifiés ! Pour nous autres, cet impondérable de dernière minute ne change pas grand-chose – fléau pour fléau et fin du monde pour fin du monde... – mais en ce qui te concerne, je comprends ton désarroi : voir la réalisation de ses rêves de grandeur étouffée dans l'œuf par un stupide incident de parcours, là, je compatis sincèrement !

Dès lors, tout était consommé. L'issue du dernier combat de l'Histoire renvoyait dos à dos ses protagonistes sur un cinglant match nul. Crible hoqueta d'un rire nerveux, convulsif, qui avait des faux airs de sanglots. Il réunit sans se hâter la totalité des documents qu'Antisphinx lui avait entre-temps restitués et les passa méthodiquement au broyeur à papiers. Inutile que ces révélations inouïes tombent sous le regard d'une tierce personne.

De l'autre côté du portail se pressait une foule anxieuse, comprimée dans le cadre étroit du corridor. Fragme-Lambert conduisait la meute en première ligne.

– Je n'y comprends rien, gémissait-il en brandissant le trousseau qu'il avait voulu croire salvateur. J'ai satisfait à toutes les procédures, et Antisphinx s'entête à me refuser l'accès...

Crible ouvrit à ce moment le battant et sortit de son repaire aussi benoîtement que s'il avait franchi le seuil de son domicile. Il rencontra la marée humaine, silencieuse, tétanisée par son calme.

– Vos clés, monsieur, dit-il en remettant à D.F.-L. son trousseau personnel. Il ignora Gibbelin afin de ne pas le compromettre outre mesure, et, en guise de congé, se contenta d'un évasif « Excusez-moi pour le dérangement » avant de fendre la foule et de s'escamoter vers les ascenseurs.

Précédé du directeur, le professeur Walter Roubeaux, clinicien émérite des ordinateurs de sixième génération délégué en renfort par Faber Industries, entra dans le sanctuaire, mallette en main. Son diagnostic fut promptement expédié.

– Une technose...

– En d'autres termes ?

– Le complexe Antisphinx subit un vieillissement irréversible de ses flux neuroniques. Une sorte de gâtisme... Vous l'entendez comme moi : il répète en boucle « Cela n'était pas prévu... Cela n'était pas prévu... » J'ai bien peur que ce ne soient là ses dernières paroles.

– Vous ne voulez pas dire...

– Si. Sa volonté d'autodestruction est la plus forte. Je ne puis enrayer le processus létal.

Fragme-Lambert percuta son front moite du plat de la main. En haut lieu, on ne lui pardonnerait jamais pareille bévue à quelques heures de l'inauguration.

– Saint Nom du Ciel, invoqua-t-il. Crible a réussi à saboter...

– ... Il lui a saboté le moral, pour ça oui ! abonda vigoureusement Roubeaux. Je ne sais comment il a mené son affaire, mais il a su se montrer diablement persuasif !

Le soleil déclinait à l'horizon des champs, mais la canicule ne désarmait pas. Crible refit le trajet jusqu'à la gare à l'état de somnambule. Le train de dix-sept heures trente, miraculeusement ponctuel étant donné les circonstances, stationnait en attente le long du quai de retour. Cela faisait des heures qu'ouvriers, employés et cadres de la zone industrielle avaient convergé sur ce point de ralliement. Crible se laissa happer sans résistance par cette houle de voyageurs piaffant devant les portières encore fermées. Lorsque celles-ci s'ouvrirent, il se retrouva sans trop savoir comment dans un wagon bondé. Tiraillé, ballotté, et cependant insensible, inatteignable. Le train s'ébranla. De station en station, les hoquets de la rame en surcharge le ramenèrent par paliers au réel. Il se découvrit cerné par un amalgame de bras, de cuisses, de torses et d'épaules en sueur. Alors, il se mit à haïr le genre humain pour l'arrogance qu'il mettait à vouloir exister, pour son outrecuidante confiance en lui-même. Mais il se surprit aussi à l'aimer pour sa fragilité, pour le naïf espoir sans cesse renouvelé et constamment déçu qu'il plaçait dans des lendemains qui chantent. Pourquoi aurait-il dû être le seul à supporter le fardeau de la connaissance ? Quelle faute avait-il donc commise pour mériter semblable punition ? Ouvrant une bouche de carpe, il fut tenté de leur jeter la vérité en pâture. Il y renonça, davantage par crainte du ridicule que par peur d'être cru. Le seul ? Voire... Peut-être qu'à la même seconde, un savant japonais, un prêtre américain, un lama tibétain ou un sorcier bantou traversaient les mêmes affres... Peut-être que ces lointains confrères d'infortune, quels qu'ils aient été, s'étaient eux aussi résignés à taire l'indicible. Le vacarme de la révélation tonnerait bien assez tôt.

Maintenant, la nuit était tombée. Crible avait effectué une dernière inspection de l'appartement. Tout était en ordre, bien rangé. Si, passant par la cuisine, il n'avait rien avalé, ce n'était pas parce que le frigo hors d'usage ne contenait que des aliments périmés. Simplement, il n'avait pas faim. Tout au plus s'était-il autorisé une cigarette, celle traditionnellement octroyée à n'importe quel condamné. Il était allé pêcher dans le tiroir du bureau un vieux paquet de gauloises défraîchi, abandonné là depuis qu'il avait cessé de fumer. Le péril imminent ne résidait pas dans l'angine de poitrine, ni même dans quelque affection plus grave...

À présent, étendu sur le couvre-lit, habillé et en chaussures dans la demi-pénombre, Crible imaginait le ciel par-delà le plafond. Le cosmos pailleté d'étoiles, la ronde des galaxies, la course des soleils, la sarabande des corps célestes. Adoptant le point de vue de Sirius, il focalisa sa vision intérieure sur la planète bleue, la planète jardin, ce paradis de substitution que l'homme, depuis la nuit des origines, s'était évertué à rendre plus infréquentable que la pire représentation de l'enfer. Le gâchis des occasions ratées… Du moins les astronomes qui s'interrogeaient sans relâche sur le volume curieusement excédentaire de l'astre en sursis par rapport à celui de ses proches voisins, Vénus et Mars, allaient-ils recevoir – tardivement – un début d'éclaircissement…

Plongeant dans le tourbillon azuré des océans, il visualisa l'aube des temps, accompagna la naissance de la biosphère, guetta l'apparition des végétaux. Il assista au baptême de la première cellule, sourcilla à la vue du tyrannosaure, s'attendrit à celle, plus paisible, des mammifères broutant les grasses prairies de l'innocence. Il fit défiler l'Histoire en ordre de batailles. Philosopha sur les fleuves de sang immémorialement répandus, toujours au nom des idéaux les plus élevés. Ironisa sur le désir forcené des générations d'utopistes et d'apprentis sorciers qui, en tous lieux et de toute éternité, avaient caressé le rêve insensé de changer la face du monde. Ceux-là aussi allaient être incessamment comblés au-delà de leurs espérances... La perspective du néant le fit frissonner. Son athéisme foncier l'avait certes toujours détourné des voies de la croyance, mais, cédant à la panique, allait-il abjurer in extremis cette absence de foi ? Non. Cela eût été par trop manquer à la dignité, or la dignité était à ce moment sa seule valeur refuge. Et pourtant, que n'aurait-il pas donné, là, tout de suite, contre la promesse d'un miracle de dernière minute ?

La nuit s'épaississait. La dernière nuit du monde. À moins que... Il éleva le poignet et consulta sa montre. Arrêtée, en apparence. Le tic-tac, docile, obéissait encore aux directives du terminal déchu. Si l'on pouvait dire que les minutes s'y égrenaient au rythme des heures, ce n'était pas pour sacrifier à une quelconque figure de style...

Tournant la tête, il regarda le vieux réveil de la table de nuit. Le mouvement mécanique de ses engrenages ne devait rien, lui, à Antisphinx ou ce qu'il en restait. Les grosses aiguilles pataudes indiquaient scrupuleusement, inexorablement, minuit moins le quart. Passé les quatorze prochaines minutes, ce serait la fin. La fin de tout. À moins que...

Et s'il avait été trompé, trompé dès le début ? Si tout cela ne participait que d'un gigantesque, d'un phénoménal canular destiné à l'ébranler dans ses convictions ? Mais non... Quel piètre objectif en regard d'un tel investissement ! Si seulement la catastrophe avait pu être limitée dans ses effets... Oh ! Il n'exigeait pas le prodige absolu... Du moins aurait-il sauvé les rares survivants de l'inhumaine emprise d'Antisphinx... Mais n'était-ce pas justement parce qu'il savait tout, prévoyait tout, qu'Antisphinx avait choisi de se donner la mort ?

... Et s'il se réveillait demain matin, là, bêtement, dans cette chambre ? Naturellement, il n'en éprouverait aucun regret, mais le traumatisme engendré par l'irritante et paradoxale frustration d'un cataclysme attendu sinon espéré ferait qu'il n'aurait d'autre ressource que d'aller solliciter en urgence son admission dans le plus proche asile d'aliénés... Eh bien soit ! Si toute l'histoire ne se résumait qu'à ce marché de dupes, il se portait candidat pour le rôle de victime expiatoire. C'était régulier. Il allait se satisfaire de ce mirage purement altruiste, lorsque Sibylle parut au pied du lit. Son sourire avait gagné en compassion ce qu'il avait perdu en ironie.

L'orage, un orage fantastique, libérateur, éclata soudain sur la ville. Le tonnerre gronda. Une gerbe d'éclairs déchira le ciel chargé de nuages lourds qui évoquaient un galop d'éléphants cruels. La pièce s'illumina. Le vent se leva. La tourmente souffla. Mugissement. Rugissement.

– J'ai atteint ma date limite, n'est-ce pas ? demanda Crible.

– Oui, mon chéri. Viens, je t'attends.

Elle lui tendit les bras.

L'AUTEUR

Jean Alessandrini est né à Marseille en 1942. Après trois années d'apprentissage au Collège Technique d'Arts graphiques de la rue Corvisart, à Paris, il travaille comme maquettiste et illustrateur pour divers magazines et notamment pour la revue *Pilote,* où il est aussi scénariste, chroniqueur, graphiste...

En 1986, avec *Le Prince d'Aéropolis,* il se lance dans l'écriture romanesque pour la jeunesse. Passionné de romans policiers, il publie dans la collection « Les Maîtres de l'Aventure » *Le Détective de minuit* et *La Malédiction de Chéops* où il fait découvrir à ses lecteurs un bien curieux détective : le Capitaine Nox. Celui-ci est aux prises avec une troisième énigme dans *Le Labyrinthe des cauchemars,* paru dans la collection Cascade Policier.

COLLECTION

Cascade

CASCADE AVENTURE

ALI DE BASSORA, VOLEUR DE GÉNIE
Paul Thiès.

LA COUR AUX ÉTOILES
Évelyne Brisou-Pellen.

DATE LIMITE
Jean Alessandrini.

LE FÉTICHE DE JADE
Jean Guilloré.

L'HÉRITIER DU DÉSERT
Évelyne Brisou-Pellen.

LES LARMES DE LA JUNGLE
Pierre Pelot.

LE MAGICIEN D'OR
Roger Judenne.

LE MAÎTRE DU SALON NOIR
Michel-Aimé Baudouy.

MIGUEL DE LA FAIM
Nicole Vidal.

LE PARADIS DES AUTRES
Michel Grimaud.

LE PAS DES FANTÔMES
Valérie Dayre.

PEUR BLEUE EN MER ROUGE
Jean Guilloré.

LE PRINCE D'ÉBÈNE
Michel Honaker.

PRISONNIÈRE DES MONGOLS
Évelyne Brisou-Pellen.

LE SERMENT DE SARAH
Jane Yolen.

LE SORCIER AUX LOUPS
Paul Thiès.

COLLECTION
Cascade

CASCADE POLICIER

L'ASSASSIN CRÈVE L'ÉCRAN
Michel Grimaud.

L'ASSASSIN EST UN FANTÔME
François Charles.

LE CADAVRE FAIT LE MORT
Boileau-Narcejac.

CHANTAGE TOUS RISQUES
Pierre Leterrier.

DES CRIMES COMME CI COMME CHAT
Jean-Paul Nozière.

CROISIÈRE EN MEURTRE MAJEUR
Michel Honaker.

DANS LA GUEULE DU LOUP
Boileau-Narcejac.

UNE ÉTRANGE DISPARITION
Boileau-Narcejac.

HARLEM BLUES
Walter Dean Myers.

L'IMPASSE DU CRIME
Jay Bennett.

LE LABYRINTHE DES CAUCHEMARS
Jean Alessandrini.

OMBRES NOIRES POUR NOËL ROUGE
Sarah Cohen-Scali.

PEINTURE AU PISTOLET
Thomas Garly.

SIGNÉ VENDREDI 13
Paul Thiès.

LA SORCIÈRE DE MIDI
Michel Honaker.

LES VOLEURS DE SECRETS
Olivier Lécrivain.

Achevé d'imprimer le 12 Mars 1993
sur les presses de l'Imprimerie Hérissey à Évreux
N° d'édition : 2276
N° d'imprimeur : 60959